AF539836

अमर शहीद
अशफाकउल्ला खान

अमर शहीद
अशफाकउल्ला खान

डॉ. रामसिंह

ग्रंथ अकादमी, नई दिल्ली

प्रकाशक : ग्रंथ अकादमी,
भवन संख्या–19, पहली मंजिल, 2, अंसारी रोड, दरियागंज, नई दिल्ली–110002
 / संस्करण : प्रथम, 2024 / मूल्य : दो सौ रुपए
मुद्रक : आर–टेक ऑफसेट प्रिंटर्स, दिल्ली ISBN 978-93-92013-36-2

AMAR SHAHEED ASHFAQULLAH KHAN

by Dr. Ram Singh ₹ 200.00

Published by **GRANTH AKADEMI**

Building No. 19, First Floor, 2, Ansari Road, Daryaganj, New Delhi-110002

समर्पित

उन शहीदों को

जिनके

बलिदानों के कारण

आज हम आजाद हैं...

भूमिका

भारत को आजाद कराने में क्रांतिकारियों की भूमिका अहम रही है। मैं उन अमर शहीदों की याद में खो जाता हूँ, जो वीर थे। महान् बलिदानी, त्याग की मूर्ति, जो सिर पर कफन बाँधकर देश से अंग्रेजों की क्रूर सत्ता का उच्छेद करने निकल पड़े थे।

यहाँ संक्षेप में बतलाना है कि मातृभूमि की वेदी पर न जाने कितने वीरों ने शीश चढ़ाए थे। ऐसे अमर बलिदानियों की याद को ताजा रखना हमारा अभिप्राय है, जिससे भावी पीढ़ी को देशप्रेम और देशभक्ति की प्रेरणा मिलती रहे। अमर शहीद अशफाकउल्ला खान और चंद्रशेखर आजाद की स्मृति में मेरी आँखें नम हो जाती हैं। अशफाक हिंदू-मुसलिम एकता के पक्षधर थे। इस सुंदर, सौम्य, साहसी शहीद की शहादत को रेखांकित करना सहज कार्य नहीं है। मैंने इस पुस्तक में कुछ ऐसे तथ्य स्पष्ट किए हैं, जिनका इतिहास में उल्लेख नहीं है। उस अमर शहीद की याद में क्या लिखूँ? मैं तो केवल अपने आँसुओं के श्रद्धा-सुमन ही अर्पित कर सकूँगा।

प्रस्तुत पुस्तक लेखन में स्व. लक्ष्मीकांत द्विवेदी, श्री सुरेश चंद शर्मा और प्रो. गोपालकृष्ण शर्मा का प्रोत्साहन स्मरणीय है।

जे.एल.एन. कॉलेज, एटा के पुस्तकालय उपाध्यक्ष मोहम्मद सलीम को सहयोग के लिए धन्यवाद।

मेरी सहधर्मिणी उर्मिला सिंह को मेरा आत्मिक स्नेह समर्पित है, जिन्होंने गृहस्थी के कार्य से मुक्त रखा है और मेरी सेवा में विरत हैं।

पुस्तक की पांडुलिपि को पढ़कर डॉ. समीर कृष्ण ने अपने महत्त्वपूर्ण सुझाव दिए हैं, उनका आभार।

पुस्तक के प्रकाशन के लिए अजय चौधरी तथा अंबिका चौधरी को सुधासिक्त आशीष।

यदि आनेवाली पीढ़ी के हृदय में इस कृति के माध्यम से देशप्रेम का तनिक भी संचार होता है, तो मैं अपने को कृतार्थ समझूँगा।

—डॉ. रामसिंह

अनुक्रम

अध्याय-1

अमर बलिदान

मुझे तोड़ लेना वनमाली,
उस पथ पर देना तुम फेंक।
मातृभूमि पर शीश चढ़ाने,
जिस पथ जाएँ वीर अनेक॥

—माखनलाल चतुर्वेदी

मातृभूमि पर न जाने कितने वीरों ने अपने शीश चढ़ाए थे, तब जाकर हमें आजादी मिली। ऐसे अमर बलिदानियों की याद को ताजा रखना परमावश्यक है, जिससे भावी पीढ़ी को देशप्रेम और देशभक्ति की प्रेरणा मिलती रहे और वे अच्छे नागरिक बनकर देश की स्वतंत्रता, एकता और अखंडता को बनाए रखने के साथ-साथ लोकतंत्र की रक्षा ईमानदारी एवं निष्ठा से करते रहें। विस्तार भय से अनेक वीरों का यहाँ उल्लेख संभव नहीं है। इससे पहले कि हम अशफाकउल्ला खान और उनके आजादी की लड़ाई में योगदान की बात करें, हम उससे पूर्व के अमर शहीदों का संक्षिप्त विवरण जान लेते हैं। अत: कतिपय वीरों का संक्षिप्त जीवन-परिचय और उनकी शहादत पर प्रकाश डालना हमारा अभिप्राय है।

सन् 1857 के प्रथम स्वतंत्रता संग्राम की पराजय के कारण भारत में ब्रिटिश साम्राज्यवाद की जड़ें काफी मजबूत और गहरी हो गई थीं। हिंदुस्तान की जनता अंग्रेजों की गुलामी में रहकर भयभीत थी। लोगों ने निर्दय शासकों के शासन में अपनी गरदनें झुका ली थीं, उन्हें साम्राज्यवादी अंग्रेजों और उनके

पिट्ठुओं के बीच रहकर यातना में भी सुख की अनुभूति होने लगी थी। जनता दासता के अँधेरे में डूबी थी। यहाँ आत्माएँ गर्वरहित होकर गुलामी के नरक में जी रही थीं। अंग्रेजों ने हमारी संस्थाओं और हमारे उद्योग-धंधों को बरबाद कर दिया था। उन्होंने भारत को राजनीतिक और आर्थिक रूप से पंगु कर दिया था। वे धीरे-धीरे हमारी शिक्षा और संस्कृति को मिटाने में लगे थे। असमानता और दीनता के अँधेरे में यहाँ की आत्मचेतना खो गई थी। लोगों ने गुलामी को अपना नसीब मान लिया था। सामान्य जनता गुलामी की नींद में करवट बदल रही थी। फिर भी देश में अंग्रेजों के खिलाफ विद्रोह की आग असह्य रूप में भड़क रही थी—राख में दबी चिनगारी की तरह। सन् 1857 के बाद एक ऐसा वीर था, जिसने ब्रिटिश साम्राज्यवाद की छाती पर पहली गोली दाग दी थी, मुंबई में महारानी विक्टोरिया की मूर्ति पर तारकोल पोत दिया था और उसके गले में डाल दी थी जूतों की माला। वह कौन बहादुर था, जिसने महारानी विक्टोरिया के 62वें राज्याभिषेक आनंदोत्सव में मिस्टर रैंड और लेफ्टिनेंट आयर्स्ट को गोलियों से भून दिया था? वह था दामोदर चापेकर।

1. बलिदानी दामोदर चापेकर : ये तीन भाई थे—दामोदर, बालकृष्ण और वासुदेव। इनके पिता हरिपंत चापेकर महाराष्ट्र के महान् कीर्तनकार थे। उनके कीर्तन की प्रसिद्धि दूर-दूर तक फैली थी। चापेकर बंधु धार्मिक परिवार में पले थे। कीर्तन से अच्छी आमदनी हो जाती थी, इसलिए दामोदर ने भी कीर्तन को अपना पेशा बनाया। जब इनके पिता कीर्तन करते थे, तब दामोदर और बालकृष्ण कोई-न-कोई बाजा बजाया करते थे। तीनों भाइयों की रुचि कसरत, कुश्ती, खेल आदि में थी। उन्होंने अखाड़ा भी बना रखा था। दामोदर ब्रिटिश फौज में नौकरी करना चाहते थे, किंतु अंग्रेजों ने भर्ती नहीं किया, फिर

चापेकर बंधु

भी उन्होंने बंदूक चलाने और निशाना साधने का अभ्यास शुरू कर दिया था, तभी तो मिस्टर रैंड और लेफ्टिनेंट आयर्स्ट को मारने में सफल हुए थे।

ब्रिटिश सरकार ने पूना शहर में दमनचक्र जोरों से चालू कर दिया। पुलिस सक्रिय हो गई, क्योंकि रैंड की हत्या से सारे साम्राज्य में खलबली मच गई थी। अंग्रेज बौखला उठे थे। सारे प्रदेश में चापेकर बंधुओं को गिरफ्तार करने के लिए पुलिस और खुफिया एजेंसियों का जाल फैला दिया गया। लोकमान्य तिलक को अपने समाचार-पत्र 'केसरी' में राजनीतिक हत्या का समर्थन करने के कारण सजा हुई।

चापेकर के क्लब के ही एक सदस्य गणेश शंकर द्रविड़ ने बीस हजार रुपए के लोभ में उन्हें गिरफ्तार करा दिया, लेकिन बालकृष्ण चापेकर बचकर भाग गए। मिस्टर क्रो नामक अंग्रेज की अदालत में दामोदर चापेकर को हाजिर किया गया। उन्होंने सारे जुर्म सहर्ष कुबूल कर लिये और उन पर अभियोग चलाकर फाँसी की सजा दी गई। वे यह श्लोक बोलते हुए फाँसी के तख्ते पर चढ़ गए—

देहिनोसिस्मन यथा देहे कौयारूंयौवन जरा।
तथा देहान्तर प्राप्तिः धीर सतुत्र न मुहखति।

उसके बाद दामोदर चापेकर के भाइयों बालकृष्ण और वासुदेव को भी गिरफ्तार कर लिया गया और फाँसी की सजा दी गई। देशहित में प्राणों का त्याग करनेवाले शहीद धन्य हैं।

2. मदनलाल ढींगरा : पंजाब के अमर शहीद मदनलाल ढींगरा अमृतसर जनपद के रहनेवाले थे। वे खत्री कुल के धनी परिवार में पैदा हुए थे। पंजाब विश्वविद्यालय से बी.ए. करने के बाद पढ़ने के लिए वे इंग्लैंड गए। विलायत पहुँचने पर वे 'भारत भवन' जाने लगे। खुफिया पुलिस उनके पीछे लग गई। उसी जमाने में खुदीराम और कन्हाई लाल बंगाल में अंग्रेजों की हत्या कर रहे थे। इधर मदनलाल ने सर कर्जन नामक अंग्रेज को, जो छात्रों में खुफिया का काम करता था, गोली से उड़ा दिया।

मदनलाल ढींगरा

इंग्लैंड में एक अंग्रेज की हत्या से दुनिया भर में हलचल मच गई। पुलिस की सक्रियता से वे गिरफ्तार कर लिये गए। अदालत में उन्हें पेश किया गया। उन्होंने अदालत में निर्भीक होकर कहा, "जो अमानुषिक फाँसी तथा कालापानी की सजा हमारे सैकड़ों देशभक्तों को हो रही है, मैंने उसी का साधारण सा बदला उस अंग्रेज के खून से लेने की चेष्टा की है। मेरे विचार से, जो हमारी मातृभूमि के विरुद्ध जुल्म करता है, वह ईश्वर का अपमान करता है।" आखिर उन पर अभियोग चलाकर उन्हें फाँसी की सजा दी गई।

फाँसी के तख्ते पर चढ़ते समय इस बहादुर सपूत ने कहा—"भारतवासी मरें और मारना सीखें। मैं मरूँगा और मुझे इस शहादत पर गर्व है। ईश्वर से मेरी प्रार्थना है कि मैं फिर माँ के गर्भ से पैदा होऊँ और देश की स्वाधीनता के लिए प्राण अर्पण कर सकूँ। मानव का कल्याण हो सके। वंदे मातरम्!" इतना कहकर वे फाँसी के फंदे पर झूल गए।

कन्हाई लाल

3. कन्हाई लाल : बंगाल के क्रांतिकारियों में खुदीराम और कन्हाई लाल की शहादत उल्लेखनीय है। इन दोनों क्रांतिकारियों ने ब्रिटिश साम्राज्यवाद के विरोध में बंगाल की जनता की चेतना में स्वाधीनता का जोश भर दिया था। अलीपुर कांड में मुरारीपुर रोड पर एक बम कारखाना पकड़ा गया। यहाँ से क्रांतिकारी बम ले जाकर अंग्रेजों के स्थान पर विस्फोट करते थे। उन्होंने सन् 1907 में बंगाल के गवर्नर की गाड़ी पर बम से हमला किया था। इस अलीपुर कांड के राज का परदाफाश नरेन गुलाई मुखबिर ने किया था। साम्राज्यवाद के इस पिट्ठू नरेन को कन्हाई लाल ने जेल के फाटक पर गोली से उड़ा दिया था। इस खबर को सुनते ही सारे बंगाल में सनसनी फैल गई। पुलिस की सक्रियता से कन्हाई लाल और सत्येंद्र चाकी पकड़े गए। उन पर अभियोग चलाकर उन्हें फाँसी की सजा दी गई। कन्हाई के साहसिक कार्य की सराहना की गई, क्योंकि उन्होंने

ब्रिटिश साम्राज्यवाद के खिलाफ विद्रोह किया था। शहीद के अंतिम दर्शन करने के लिए कन्हाई के बड़े भाई आशू बाबू और उनके परिवार के अन्य सदस्य काँपते हुए गोरे जेलर के पीछे चल दिए। उसने सिर से लेकर पैर तक कंबल से ढकी लाश की ओर इशारा किया। किसी की हिम्मत नहीं हुई कि कंबल हटाकर लाश को देखे। आशू बाबू की आँखों से मोती बरसने लगे। यह देख सभी रोने लगे। यह देखकर जेलर बोला, "आप रोते क्यों हैं? जिस देश में ऐसे वीर पैदा होते हैं, वह देश धन्य है। मरेंगे तो सभी, किंतु ऐसी मौत कितने मरते हैं!"

साथ ही, वह अंग्रेज भी रो रहा था। इनसानियत रो रही थी। उसने बताया कि कन्हाई से मेरी दोस्ती थी। फाँसी की सजा सुनाई गई, तो वे हँस रहे थे। मैंने उनसे कहा, "अरे! आज तुम हँस रहे हो, कल तुम्हारे हँसते होंठ मृत्यु से काले पड़ जाएँगे।" यह सुनकर चुप रहे; फाँसी के तख्ते पर चढ़कर भी। आखिर फाँसी के फंदे से लटक गए। उनकी लाश के चेहरे पर एक दिव्य चमक थी। मनहूस छाया नहीं थी। इसके फलस्वरूप बंगाल में भयंकर क्रांतिकारी लपटें चलने लगीं, साम्राज्यवाद की नींव की चूलें हिलने लगीं।

दिल्ली में ब्रिटिश सम्राट् जॉर्ज पंचम 1911 में आया। एक विराट् दरबार लगा। 'अब भारत की राजधानी कलकत्ता से हटाकर दिल्ली होगी', यह घोषणा की गई। इसके बाद अंग्रेजों ने यह दिखाया कि इंद्रप्रस्थ का उद्धार करने के लिए दिल्ली को राजधानी बनाया गया है। ब्रिटिश साम्राज्य ने लॉर्ड हॉर्डिंग को भारत का वायसराय बनाकर भेजा। उसके स्वागत में हजारों हाथियों, घोड़ों, तोपों, बंदूकों और फौज के साथ राजकीय जुलूस निकाला गया। दिल्ली के मुख्य वक्षस्थल चाँदनी चौक में वायसराय का मीलों लंबा जुलूस पहुँचा। उसी समय किसी अज्ञात दिशा से वायसराय की सवारी पर एक भयानक बम आकर गिरा, किंतु निशाना ठीक नहीं बैठा। फिर भी, वायसराय का अंगरक्षक घायल हो गया और वायसराय के सिर के पीछे हलकी सी चोट आई। जुलूस में भगदड़ मच गई और पुलिस ने चाँदनी चौक को चारों ओर से घेर लिया। फिर भी बम फेंकनेवाले का पता नहीं लगा। पुलिस की सरगर्मी से मास्टर अमीर चंद, उनका भतीजा सुल्तान चंद और अवध बिहारी पकड़े गए। सुल्तान

चंद मुखबिर हो गया। बालमुकुंद और बसंत कुमार को फाँसी की सजा हुई।

4. अवध बिहारी : अवध बिहारी को फाँसी लगाने की तारीख निश्चित हो गई। फाँसी के दिन अवध बिहारी के पास एक अंग्रेज आया और पूछा, "कहिए, आपकी अंतिम इच्छा क्या है ?" अवध बिहारी ने तपाक से उत्तर दिया, "मेरी एक ही इच्छा है कि अंग्रेजों का नाश हो।" इस पर अंग्रेज ने व्यंग्यात्मक स्वर में कहा, "अब तो शांतिपूर्वक मरिए।"

अवध बिहारी

अवध बिहारी ने कहा, "अब शांति कैसी ? मैं तो चाहता हूँ कि क्रांति की ऐसी आग सुलगे कि यह ब्रिटिश सत्ता ही नष्ट हो जाए।" यह कहकर अवध बिहारी बड़ी बहादुरी और खुशी के साथ फाँसी के तख्ते पर चढ़ गए।

5. बालमुकुंद : बालमुकुंद जोधपुर के नरेश के बच्चों को अंग्रेजों से छिपकर पढ़ाते रहे। जब देशद्रोही नराधम दीनानाथ ने उनका सारा भेद खोल दिया और नाम बता दिया तो पुलिस ने उन्हें गिरफ्तार कर लिया। जाँच करने पर पुलिस ने उनके पास से दो बम बरामद किए। पुलिस ने इस संदेह में कि उनके घर में बमों का जखीरा है, सारा घर खोद डाला। बालमुकुंद के बड़े भाई परमानंद ने उन्हें बचाने के लिए कई अपीलें कीं, किंतु सरकार ने इस पर कोई ध्यान नहीं दिया। आखिर उन्हें फाँसी की सजा दे दी गई।

बालमुकुंद

6. बसंत कुमार : बसंत कुमार देश की बलिवेदी पर शहीद हुए। जब वे देहरादून में रासबिहारी के नौकर बनकर घर का कामकाज करते थे, तब देश के गद्दार दीनानाथ ने सरकारी मुखबिर बनकर यह भेद खोल दिया कि लाहौर

बसंत कुमार

में लाईस गार्डन में जो बम विस्फोट हुआ था, उसमें बसंत कुमार का हाथ था। उन्हें बंगाल में पुलिस ने गिरफ्तार किया। अदालत में अभियोग चला, जिसमें पहले कालापानी की सजा हुई, किंतु पुलिस ने अपील कर दी, तो अदालत ने उन्हें फाँसी की सजा सुना दी। फाँसी का फंदा गले में डालकर 'वंदे मातरम्' कहते हुए उन्होंने प्राणों का उत्सर्ग किया।

7. खुदीराम : खुदीराम कम उम्र के खूबसूरत नौजवान थे। गठा हुआ शरीर, घुँघराले काले बाल, बड़ी-बड़ी आँखें, अर्ध-विकसित फूल की तरह कोमल। आकर्षक, गजब की फुर्ती—शेर जैसी। उनके हृदय में स्वाधीनता की आग थी। इस किशोर ने अपने मित्र प्रफुल्ल चाकी के साथ मिलकर किंग्सफोर्ड नामक जज को मुजफ्फरपुर में गोली से उड़ाने का प्रयास किया। यह जज अत्यंत क्रूर और भारतीयों के खिलाफ था। उसने अपनी कलम से सैकड़ों देशभक्तों को सजा दी थी।

वह राजनीतिक अभियुक्त को कभी छोड़ता नहीं था। साम्राज्यवाद का कट्टर समर्थक था। क्रांतिकारी दल में इसके खिलाफ अत्यंत आक्रोश था। इस आतंकवादी जज को मौत के घाट उतारने का फैसला किया गया था।

खुदीराम

यह कार्य खुदीराम और प्रफुल्ल चाकी को सौंपा गया था। 30 अप्रैल, 1908 को खुदीराम बोस और प्रफुल्ल चाकी ने रात को आठ बजे किंग्सफोर्ड की गाड़ी के रंगवाली गाड़ी पर बम से आक्रमण कर दिया, किंतु उसमें किंग्सफोर्ड नहीं था। दुर्भाग्य से, दो अंग्रेज नारियाँ श्रीमती केनेडी और कुमारी केनेडी मारी गईं।

बम फेंककर खुदीराम भाग निकले। पुलिस ने पूरे शहर में घेरा डाल दिया। खुदीराम रात भर भागकर

मुजफ्फरपुर से 25 मील दूर बेनी नामक स्थान पर पहुँचे। भूख से व्याकुल वे एक बनिए की दुकान पर लाई-चना लेने पहुँचे। लोगों में चर्चा थी कि किंग्सफोर्ड नहीं मारा गया, अपितु दो मेमें मारी गईं। खुदीराम के मुख से चीख निकल पड़ी, क्योंकि उन्हें अंग्रेज नारियों के मारे जाने का दुःख हुआ। उनके बाल अस्त-व्यस्त, थे, चेहरे पर हवाइयाँ उड़ रही थीं। चीख सुनकर लोगों ने खुदीराम को हत्यारा समझ लिया और उन्हें पकड़ने दौड़े। अज्ञानवश उनमें स्वाधीनता की लड़ाई लड़नेवाले के प्रति कोई सहानुभूति नहीं थी। अंत में, साम्राज्यवाद के अगठित किराए के गुंडों से यह किशोर भला कैसे बचता। पुलिस के सिपाहियों ने उन्हें पकड़कर मुजफ्फरपुर भेज दिया। वहाँ उन पर अभियोग चला। उन्हें कोई वकील नहीं मिला। बड़ी मुश्किल से कालीदास बोस खुदीराम की पैरवी करने को तैयार हुए। वैसे खुदीराम को वकील की जरूरत भी नहीं थी। उन्होंने बहादुरी से स्वीकार करते हुए कहा कि मैंने बम फेंका। जज ने खुदीराम बोस को फाँसी की सजा सुनाई और 11 अगस्त को उन्हें फाँसी दे दी गई। उस किशोर फरिश्ते के प्राण-पखेरू उड़ गए। बाद में जनता को ज्ञात हुआ तो वह दुःख से द्रवित हो उठी। उसने प्यारे शहीद को इज्जत दी। किशोर की धधकती चिता के चारों ओर जनसमुदाय इकट्ठा हो गया और उसकी आँखों से आँसू बहने लगे। लोगों ने अपने प्यारे शहीद का अभिनंदन किया। भारत के आजाद होने पर बिहार के नेताओं ने उनका स्मारक बनवाया।

खुदीराम की चिता बुझ गई, शरीर भस्म हो गया। ठंडी राख रह गई, लोगों ने उस राख के तावीज बनवाए, उसे अपने सिर पर मला। एक हृदयद्रावक दृश्य था। हजारों लोगों की आँखों से अश्रुधारा बह रही थी अपने शहीद की कुरबानी की याद में।

8. यतींद्रनाथ मुखर्जी : यतींद्र मुखर्जी के नाम से प्रसिद्ध थे। उनका जन्म नदिया जिले के कालाग्राम नामक गाँव में हुआ था। कम उम्र में ही वे पितृहीन हो गए थे, इसलिए उनकी माँ ने ही उनका पालन-पोषण किया। पढ़ने-लिखने में उनकी रुचि थी। उन्होंने एफ.ए. तक की शिक्षा हासिल की। उन्हें खेलना-कूदना, साइकिल चलाना, घोड़े पर चढ़ना, कुश्ती, व्यायाम तथा

यतींद्रनाथ मुखर्जी

भागदौड़ करना अधिक पसंद था। वे साइकिल और घोड़े पर मीलों चले जाते थे। वे शिकार के शौकीन थे। एक बार वे एक जिंदा चीता पकड़कर ले आए थे। उन्होंने शॉर्टहैंड सीखकर तत्कालीन लाट साहब के दफ्तर में नौकरी कर ली थी। कुछ दिन ठेकेदारी भी की, किंतु उन्हें अंग्रेजों की गुलामी से नफरत थी।

उसी समय बंगाल में साम्राज्यवाद के खिलाफ क्रांतिकारी आंदोलन चल रहा था। यतींद्रनाथ मुखर्जी उसमें शामिल हो गए। कुछ दिन बाद वे क्रांतिकारी दल के नेता बन गए। उन्होंने एक मजबूत क्रांतिकारी दल का संगठन किया। दल के लिए धन जुटाने के लिए डकैतियाँ भी डालीं। उन्होंने नरेंद्र भट्टाचार्य, अतुल घोष, चित्तप्रिय आदि साथियों के साथ मिलकर गार्डन रीच में डकैती डाली, उसके बाद में बलिया घाट में एक धनी सेठ के यहाँ डाका डाला। यतींद्र का घर पथुरिया घाट में था। वहाँ क्रांतिकारियों का अड्डा था। वहाँ क्रांतिकारियों के झुंड में एक जासूस घुस आया। यतींद्र ने उसे गोली से उड़ा दिया। पुलिस यतींद्र को पकड़ने के लिए सक्रिय हो गई। देशद्रोही अंग्रेजों के नौकर इन देशभक्तों को गिरफ्तार कराने में मदद करने लगे, जिनकी गुलामी से मुक्त करने के लिए माँ के लाल अपना सर्वस्व न्योछावर करके साम्राज्यवाद के खिलाफ लड़ रहे थे।

यतींद्र और उनके साथी चित्तप्रिय, नीरेन, मनोरंजन और ज्योतिष अंग्रेजों के भाड़े के टट्टुओं और गुमराह किए गए गाँववालों के घेरे में आ गए। फिर भी आगे बढ़ते गए। भूख-प्यास से व्याकुल। बीच में एक मल्लाह मिला। उसने चावल खाने को दिए। वहाँ से आगे चल दिए। चारों ओर पुलिस का जाल बिछा था। दोनों ओर से गोलियों की बौछार होने लगी। सबसे पहले चित्तप्रिय गोली लगने से गिरे। उनके बाद यतींद्र के शरीर में गोलियाँ लगीं और वे गिर पड़े। उनके शरीर से खून की धारा बह रही थी। उनके मुख से निकला

'पानी'। मनोरंजन के शरीर से भी खून की धारा बह रही थी। उनका रक्त बहकर उड़ीसा की वीर भूमि को लाल कर रहा था। मनोरंजन यतींद्र के लिए अपना दु:ख भूलकर लड़खड़ाते हुए पानी लेने गए। कैसा हृदयद्रावक दृश्य है—एक साथी शहीद की मौत से दूसरा सिसक रहा है और तीसरा लड़खड़ाता हुआ पानी लेने चला है। इस दु:खद मंजर को देखकर पुलिसवाले भी रोने लगे। इनसानियत रोने लगी। यह क्रांतिकारियों की नैतिक विजय थी। एक पुलिस अफसर मनोरंजन को रोककर स्वयं पानी लेने गया। पुलिस यतींद्र को उठाकर ले गई और कटक के अस्पताल में भर्ती कर दिया। वहाँ उनके प्राण किसी अज्ञात आजाद लोक को चले गए। नीरेन और मनोरंजन को फाँसी दे दी गई। ज्योतिष पागल हो गए। उन्हें पागलखाने भेज दिया गया। वहीं कुछ वर्षों बाद मर गए। यतींद्र के मरने पर ब्रिटिश साम्राज्यवाद ने चैन की साँस ली, किंतु वे यह भूल गए कि क्रांति की आग सरलता से नहीं बुझती। महापुरुष मैजिनी ने कहा था—"शहीदों के खून से सींचे जाने पर भावनाएँ परिपक्व हो जाती हैं।"

इसके बाद देश में क्रांतिकारी आंदोलन तीव्रतर होता गया और साम्राज्यवाद की चूलें हिलने लगीं।

9. सोहनलाल पाठक : 20 नवंबर, 1914 को अनवर पाशा ने कहा था—"अंग्रेजों की मैगेजीन लूट ली जाए, उनके हथियार छीन लिये जाएँ और वे उन्हीं से मारे जाएँ। हिंदुस्तानियों की संख्या 32 करोड़ और अंग्रेजों की लगभग दो लाख है।" यही बात एक दिन सोहनलाल पाठक तोपखाने की पलटन को सुना रहे थे—"भाइयो! क्यों फिजूल में इन अंग्रेजों के लिए जान दोगे? यदि मरना ही है तो देश के लिए मरो। तुम्हारी भुजाओं में बल है। आजादी के लिए लड़ो, आजादी मिले, यह अच्छा है या कि तुम अंग्रेजों के लिए मर जाओ, यह अच्छा है।" एक जमादार बैठा यह

सोहनलाल पाठक

भाइयो! क्यों फिजूल में इन अंग्रेजों के लिए जान दोगे? यदि मरना ही है तो देश के लिए मरो। तुम्हारी भुजाओं में बल है। आजादी के लिए लड़ो, आजादी मिले, यह अच्छा या कि तुम अंग्रेजों के लिए मर जाओ, यह अच्छा है।

सुन रहा था। वह देशद्रोही था, उसकी आँखों में खून था। वह थर-थर काँप रहा था। वह बोला कि "साहब के पास चलो" और एक हाथ से उन्हें पकड़ लिया। वह तगड़ा था, किंतु सोहन के पास ऑटोमेटिक पिस्तौल और 270 कारतूस थे। उन्होंने कहा, "क्यों, तुम हमें पकड़वाओगे? सोचो तो, भाई होकर भाई को पकड़वा दोगे!" लेकिन जमादार पर कोई असर नहीं हुआ। वह जोर से खींचने लगा। वे चाहते तो उसको गोली से उड़ा देते, पर सोचा कि अपने भाई को क्यों मारें?

आखिर वे गिरफ्तार कर लिये गए और जेल भेज दिए गए, किंतु उन्होंने जेल के कानूनों को नहीं माना। एक दिन एक लाट साहब जेल आया। वे उसके स्वागत में खड़े नहीं हुए, वह खड़े-खड़े ही बात करता रहा।

लाट साहब सोहनलाल से दो घंटे बातचीत करता रहा। उसने कहा, "यदि तुम माफी माँगो, तो तुम्हारी फाँसी मैं अपनी कलम से रद्द कर दूँगा।" इस पर सोहनलाल हँसे और बोले, "महाशय, यह अच्छी रही कि मैं आपसे माफी माँगूँ। लाट साहब! भलमनसाहत और इनसाफ का तकाजा तो यह है कि आप मुझसे माफी माँगें, क्योंकि आप हमारे देश पर अन्याय कर रहे हैं।"

जब वे फाँसी के तख्ते पर खड़े थे, तब जल्लाद ने फंसी का फँदा डालने से मना कर दिया और कहा, "मुझे गोली मार दो, मैं इस देवता के गले में फंदा नहीं डालूँगा।" जेल का कोई कर्मचारी तैयार नहीं हुआ। अंत में, विलियम नामक एक व्यक्ति इसके लिए तैयार हुआ। सोहनलाल फाँसी के तख्ते पर खड़े थे। उन्होंने जोशीली बातें कहीं। जल्लाद फाँसी का फंदा डालने के इशारे का इंतजार कर रहा था। इसी बीच एक राजपुरुष आया और एक कदम आगे बढ़कर कहा, "सोहनलाल! अब भी तुम अपनी जबान से माफी माँगो, तो मैं

फाँसी रद्द कर दूँगा।" सोहनलाल क्रोधित होकर बोले, "गुस्ताख अंग्रेज! यदि माफी माँगनी ही है तो तुम्हें मुझसे माफी माँगनी चाहिए।" आखिर उन्होंने स्वयं गले में फँदा डाल लिया और वह देव पुरुष फाँसी पर झूल गया।

10. सरदार भगत सिंह : भगत सिंह का जन्म लायलपुर में बंगा नामक गाँव में सरदार किशन सिंह के यहाँ 13 अप्रैल, संवत् 1904 को हुआ था। उनका बचपन से ही रुझान खेलकूद और सैनिक क्रीड़ाओं की ओर रहा था। उन्होंने डी.ए.वी. स्कूल से मैट्रिकुलेशन पास किया और बाद में पंजाब के नेशनल कॉलेज में पढ़ने लगे।

सरदार भगत सिंह

भगत सिंह को तलवार और बंदूक से विशेष प्रेम था। एक बार अपने पिता के साथ खेत पर गए। भोले बालक ने किसानों को बीज बोते देखा तो पिता से पूछा, "ये क्या कर रहे हैं?" पिता ने कहा, "ये अनाज बो रहे हैं।" बालक ने कहा, "अनाज तो बहुत होता है, किंतु ये किसान तलवार और बंदूकों की खेती क्यों नहीं करते?"

इस प्रकार छुटपन से ही उन्हें हथियारों से प्रेम था। जब कॉलेज से उन्होंने एफ.ए. कर लिया तो परिवारवाले उनकी शादी की तैयारी करने लगे। वे शादी नहीं करना चाहते थे। घर से भाग गए। दिल्ली जाकर 'वीर अर्जुन' के संवाददाता का काम करने लगे। वे चंद्रशेखर आजाद की हिंदुस्तान सोशलिस्ट रिपब्लिकन आर्मी के सदस्य बन गए। सन् 1928 में भारत में साइमन कमीशन आया। सारे देश में विरोध हुआ। लाहौर में साइमन कमीशन का बायकाट किया गया।

साइमन कमीशन का विरोध करते लाला लाजपत राय पर पुलिस ने लाठियाँ बरसाईं, जिससे उन्हें काफी चोट आई। इस भयंकर चोट के कारण

17 नवंबर, 1928 को उनका निधन हो गया। सारे देश में लोगों का क्रोध भड़क उठा। भगत सिंह ने उत्तर भारत में विद्रोह का बिगुल बजा दिया था, लाला लाजपत राय का बदला लेने के लिए। सांडर्स को मारने के लिए चंद्रशेखर, राजगुरु, भगत सिंह और जयगोपाल हथियार लेकर चल पड़े। 15 दिसंबर को मि. सांडर्स मोटरसाइकिल से आ रहे थे। राजगुरु ने गोली चला दी। मि. सांडर्स मोटरसाइकिल सहित जमीन पर गिर पड़े। उसी समय भगत सिंह ने कई गोलियाँ मारीं कि कहीं धोखा न हो जाए। कांस्टेबल चनन सिंह उनका पीछा कर रहा था। आजाद ने अपनी पिस्तौल से उस देशद्रोही को भी उड़ा दिया।

साम्राज्यवाद के कुत्ते चारों ओर फैल गए, लेकिन मारनेवाले उसकी पकड़ में नहीं आए। सरदार भगत सिंह ने सशस्त्र क्रांति की तैयारी कर दी। उन्होंने समाजवाद के लिए इटली के मैजिनी, गैरीबाल्डी, आयरलैंड के सिनफिन और रूस के लेनिन और स्टालिन के समाजवादी आदर्शों का अनुपालन किया। गीता के पाठ से मृत्यु के भय को त्यागकर उन्होंने दिल्ली में लेजिस्लेटिव असेंबली में बम फेंका।

पंजाब की पुलिस सक्रिय हो गई। साम्राज्यवाद के कुत्ते चारों ओर फैल गए, लेकिन मारनेवाले उसकी पकड़ में नहीं आए। सरदार भगत सिंह ने सशस्त्र क्रांति की तैयारी कर दी। उन्होंने समाजवाद के लिए इटली के मैजिनी, गैरीबाल्डी, आयरलैंड के सिनफिन और रूस के लेनिन और स्टालिन के समाजवादी आदर्शों का अनुपालन किया। गीता के पाठ से मृत्यु के भय को त्यागकर उन्होंने दिल्ली में लेजिस्लेटिव असेंबली में बम फेंका। अंग्रेजों के कान खड़े हो गए। यह बम विस्फोट भगत सिंह और बटुकेश्वर दत्त ने किया था। वे वहीं खड़े रहे और 'इंकलाब जिंदाबाद' और 'साम्राज्यवाद का नाश हो' के नारे लगाते रहे। आधे घंटे बाद पुलिस का दल आया और दोनों गिरफ्तार कर लिये गए। अदालत में उन पर मुकदमा चला। उन्होंने बयान में कहा कि वे किसान और मजदूरों की लड़ाई लड़ रहे हैं और देश में वर्गविहीन समाज की स्थापना करना चाहते हैं।

सरदार भगत सिंह, राजगुरु और सुखदेव फाँसीघर में बंद थे। वे फाँसी

की प्रतीक्षा में थे। देश में उनकी फाँसी की बड़ी हलचल थी। सरकारी जज कह रहा था कि इन्हें फाँसी दी जाए, पर सारा देश विरोध कर रहा था। कांग्रेस के लोग भी चाहते थे कि उनकी सजा बदली जाए। गांधीजी और जवाहरलाल भी नहीं चाहते थे कि उन्हें फाँसी दी जाए। फाँसी से एक दिन पहले उन्होंने अपने छोटे भाई कुलतार को लिखा था, "दुःखी होने की जरूरत नहीं है। तुम्हारी आँखों में आँसू देखकर मुझे अत्यंत दुःख हुआ। तुम हिम्मत से शिक्षा प्राप्त करना और अपनी सेहत का ध्यान रखना। यह ठीक है कि तुम्हें बहुत दर्द है। आँसू बहाना ठीक नहीं है। हौसला रखना।"

मैं तो यही कह रहा हूँ—

कोई दम का मेहमाँ हूँ, ऐ अहले महफिल,
चिरागे सहर हूँ, बुझा चाहता हूँ॥

आखिर 23 मार्च को फाँसी देकर जालिम अंग्रेजों ने इस दीप को बुझा दिया।

11. रामप्रसाद 'बिस्मिल' : एक अंग्रेज लेखक ने लिखा था—"शहीद अपना खून किसी महान् अधिकार की प्राप्ति के लिए बहाते हैं, जो अमर सत्य पर आधारित होता है।" रामप्रसाद 'बिस्मिल' देश की आजादी के लिए कातिल अंग्रेजों के खिलाफ लड़ने चले थे—

सरफरोशी की तमन्ना अब हमारे दिल में है,
देखना है ज़ोर कितना बाज़ु-ए-कातिल में है।

रामप्रसाद 'बिस्मिल'

पं. रामप्रसाद के पूर्वज ग्वालियर राज्य के रहनेवाले थे, किंतु कई कारणों से शाहजहाँपुर आकर बस गए थे। उनके पिता का नाम श्री मुरलीधर था। परिवार बहुत गरीब था। रामप्रसाद आर्य समाज से शिक्षा प्राप्त थे। उन्होंने मैनपुरी षड्यंत्र में बढ़-चढ़कर भाग लिया था। वे भागकर गाँव में रहने लगे और गाँववालों की तरह खेती करने लगे। कुछ दिनों में अच्छे किसान बन गए। पुलिसवालों के हाथ नहीं लगे।

राजकीय घोषणा के बाद शाहजहाँपुर आ गए। शहरवालों की अनोखी दशा देखी। कोई उनके पास खड़े होने का साहस नहीं करता था। पुलिस का भयंकर प्रकोप था। वह उन्हें खोजने में लगी थी। पंडितजी को भागदौड़ में खाना भी नसीब नहीं होता था। इसी तरह दिन गुजरने लगे। मैनपुरी षड्यंत्र में भी हाथ नहीं आए, किंतु 1918 में महायुद्ध खत्म हो गया। तभी सभी को 1920 में आम माफी दी गई। इसी के बाद शाहजहाँपुर में सार्वजनिक रूप से प्रकट हुए।

बंगाल के कुछ क्रांतिकारी नवयुवक शाहजहाँपुर आकर मैनपुरी षड्यंत्र के अनुभवी क्रांतिकारी रामप्रसाद 'बिस्मिल' से मिले और उनसे नई पार्टी के गठन में सहयोग करने का आग्रह किया। रामप्रसाद और अशफाक पार्टी के गठन में जुट गए। 1 जनवरी, 1925 को अंग्रेजी में छापे गए घोषणा-पत्र 'दि रिवॉल्यूशनरी' को पूरे उत्तर प्रदेश के प्रत्येक जिले में बाँटने का काम किया। योगेश चंद्र चटर्जी ने अशफाक और रामप्रसाद 'बिस्मिल' को उत्तर प्रदेश की जिम्मेदारी सौंपी और स्वयं बंगाल चले गए।

1 जनवरी, 1925 को अंग्रेजी में छापे गए घोषणापत्र 'दि रिवॉल्यूशनरी' को पूरे उत्तर प्रदेश के प्रत्येक जिले में बाँटने का काम किया। योगेश चंद्र चटर्जी ने अशफाक और रामप्रसाद 'बिस्मिल' को उत्तर प्रदेश की जिम्मेदारी सौंपी और स्वयं बंगाल चले गए।

बंगाल में शचींद्रनाथ सान्याल और योगेश चंद्र चटर्जी जैसे दो प्रमुख व्यक्तियों के गिरफ्तार हो जाने पर हिंदुस्तान रिपब्लिकन एसोसिएशन का सारा दारोमदार बिस्मिल के कंधों पर आ गया। उन्होंने इस कार्य को बड़ी निष्ठा से संचालित किया। काकोरी रेल डकैती में रामप्रसाद की अहम भूमिका रही। उन्होंने ही इसका नेतृत्व किया था।

काकोरी रेल डकैती से सारे ब्रिटिश साम्राज्य में हलचल मच गई। साम्राज्यवादी पुलिस काकोरी में डकैती डालनेवाले क्रांतिकारियों को गिरफ्तार करने के लिए सक्रिय हो गई। कई लोग गिरफ्तार हो गए और बिस्मिल भी गिरफ्तार हो गए। वह चाहते तो भाग सकते थे, किंतु उन्होंने ऐसा नहीं किया।

गिरफ्तार किए गए क्रांतिकारी लखनऊ जेल भेज दिए गए। एक दिन वे पाखाने के बहाने एक सिपाही के साथ बाहर गए। पाखाना नितांत निर्जन स्थान में था। सिपाही कुश्ती देखने लगा। वे भाग सकते थे, किंतु सिपाही को जोखिम में डालना नहीं चाहते थे।

18 महीने बाद मुकदमे में रामप्रसाद 'बिस्मिल', राजेंद्र लाहिड़ी और रोशन सिंह को फाँसी की सजा हुई। शचींद्र सान्याल को कालापानी की और मन्मथनाथ को 14 साल की सजा हुई। 18 दिसंबर को जेल में दूध पीने को दिया गया, उन्होंने दूध पीने से इनकार कर दिया, "अब तो भारतमाता का ही दूध पीऊँगा।" 19 दिसंबर को गोरखपुर जेल में फाँसी दी जानेवाली थी। सुबह उठकर नित्य कर्म से निवृत्त होकर संध्या वंदन करके फाँसी के लिए तैयार हो गए। फाँसी के तख्ते की ओर ले जानेवाले आए, तुरंत उठकर चल दिए, 'वंदे मातरम्' और 'भारतमाता की जय' बोलते हुए। चलते समय उन्होंने कहा—

मालिक तेरी रजा रहे और तू ही तू रहे,
बाकी न मैं रहूँ, न मेरी आरजू रहे।

फाँसी के दरवाजे पर पहुँचकर उन्होंने कहा, "मैं ब्रिटिश साम्राज्य का पतन चाहता हूँ। 'विश्वानि देव सवितर्दुरितानि' कहते हुए फाँसी के फंदे पर झूल गए। वे अशफाक को पहले ही बता चुके थे—

बहे-बहरे फना में जल्द या रब लाश बिस्मिल की।
कि भूखी मछलियाँ हैं, जौहरे शमशीर कातिल की॥

12. चंद्रशेखर आजाद : इनका जन्म अली राजपुर जिला, आज के झाबुआ जनपद के भाबरा गाँव में हुआ था। वह दलितों, पिछड़ों और भीलों का गाँव था। इनके पिता का नाम पं. सीताराम तिवारी और माता का नाम जगरानी था। तिवारीजी थोड़े से वेतन पर बाग की रखवाली किया करते थे। गाँव भर में गरीबी का मंजर था। टूटे-फूटे मकान, घास-फूस की झोंपड़ियाँ थीं। पास ही में एक छोटी सी नदी बहती थी। किसान लोग खेती और पशु-पालन करते थे। उनकी जिंदगी अभावों में गुजर रही थी। पं. सीताराम भी घोर गरीबी में जिंदगी के दिन काट रहे थे। जगरानी ने कई बच्चों को जन्म दिया, लेकिन वे सब अल्पायु में मृत्यु को प्राप्त हो गए। पति और पत्नी दोनों निराश

चंद्रशेखर आजाद

और दु:खी थे। सौभाग्य से चंद्रशेखर का जन्म हुआ। चंद्रशेखर की माँ ने उनका लालन-पालन बड़ी कुशलता से किया।

चंद्रशेखर का बचपन गाँव में भीलों और दूसरी जातियों के बच्चों के साथ खेलकूद और भागदौड़ में बीतने लगा। वे गाँव के लड़कों के नेता थे। भीलों से तीर-कमान से निशाना लगाना सीख लिया था। गाँव के लड़कों से लड़ते-झगड़ते तथा मारपीट भी किया करते थे। दियासलाई की सारी तीलियाँ जलाने से उनका हाथ जल गया था। लेकिन कोई चिंता नहीं की। एक दिन पड़ोसी के लड़के को पीट दिया। उसके माँ-बाप उनके पिता तिवारी से शिकायत करने आए। क्रोधित होकर उन्होंने पिटाई कर दी। रात में घर छोड़कर भाग गए। भूखे-प्यासे और थके-माँदे काशी पहुँचे। पं. शिव कुमार ने संस्कृत पाठशाला में उनका दाखिल करा दिया। वे संस्कृत व्याकरण पढ़ने लगे, किंतु पढ़ने में उनका मन नहीं लगता था।

इसी समय चौरी-चौरा का कांड हुआ। गांधीजी आंदोलन कर रहे थे। चंद्रशेखर ने अपने सहपाठियों के साथ अंग्रेजों के खिलाफ काशी में जुलूस निकाला। 'महात्मा गांधी की जय' और 'वंदे मातरम्' के नारों से काशी की गलियाँ गूँज उठीं। पुलिस ने आकर सभी को गिरफ्तार करके जेल भेज दिया। मजिस्ट्रेट खरेघाट की अदालत में केस चला। चंद्रशेखर अदालत में उपस्थित हुए। मजिस्ट्रेट ने पूछा, "क्या नाम है ?"

"आजाद।"

"पिता का क्या नाम है ?"

"स्वाधीन।"

"कहाँ रहते हो ?"

"जेल में।"

इन उद्दंडता भरे उत्तरों को सुनकर खरेघाट ने 15 बेंतों की सजा सुनाई। जेल में 15 बेंत लगाए गए। वे हर बेंत पर 'महात्मा गांधी की जय' बोलते रहे। बेंतों से उनका शरीर घायल हो गया। खून बहने लगा। जेल से निकलने पर काशी की जनता ने अभिनंदन किया। फूल बरसाए। 'आजाद जिंदाबाद' के नारे लगाए।

चंद्रशेखर के जीवन की घटनाएँ अनेक हैं। वे काशी में ड्राइवर बनकर नदी के किनारे एकांत में कुटिया बनाकर कथावाचक रहे। पार्टी का खर्च जुटाने के लिए डाके डाले। धन की आशा में महंत की सेवा की, ताकि उसके मरने पर संपत्ति मिले, लेकिन निराशा हाथ लगी। हिंदुस्तान रिपब्लिकन आर्मी के प्रमुख सेनापति रहे। यहाँ सभी का बयान संभव नहीं है।

सन् 1931 की 27 फरवरी को दस बजे चंद्रशेखर आजाद इलाहाबाद के चौक से कटरा जानेवाली सड़क पर सुखदेव राज के साथ घूम रहे थे कि एकाएक चौंक पड़े, क्योंकि उन्हें वीरभद्र तिवारी दिखाई दिया, जो काकोरी षड्यंत्र में गिरफ्तार हुआ था। वह पुलिस का मुखबिर हो गया था। वह देशद्रोही था। आजाद और सुखदेव राज अल्फ्रेड पार्क में एक पेड़ के नीचे जाकर बैठ गए। इतने में पुलिस अफसर डालचंद और विश्वेसर आए। डालचंद आजाद को पहचानता था। उसने खुफिया पुलिस के सुपरिंटेंडेंट नाटबाबर को खबर दी। वह शीघ्र अल्फ्रेड पार्क पहुँचा और आजाद की ओर बढ़ा। दोनों तरफ से गोलियाँ चलीं। नटबाबर की गोली आजाद की जाँघ में लगी और आजाद की गोली उसकी कलाई में, जिससे उसकी पिस्तौल हाथ से छूटकर गिर पड़ी। नाटबाबर पेड़ के पीछे छिप गया, लेकिन विश्वेसर सिंह गोली चला रहा था। आजाद ने गोली से उसका जबड़ा तोड़ दिया। लड़ते-लड़ते आजाद की गोलियाँ समाप्त हो गईं। एक गोली शेष बची थी। उन्होंने अपने आप को गोली मार ली। सारे इलाहाबाद में कोहराम छा गया। आजाद के प्राण आजाद होकर किसी अज्ञात स्वतंत्र देश को चले गए।

बाद में जनता ने फूलमालाएँ चढ़ाईं और उस पेड़ को पूजना आरंभ कर दिया। यह देखकर ब्रिटिश साम्राज्य ने उस पेड़ को कटवा दिया। आजाद जैसे शहीद धन्य हैं। ऐसे लोग धरा को धन्य कर देते हैं। मीर तकी ने कहा है—

यह सहल हमें जानो, फिरता है फलक बरसों।
तब खाक के परदे से इनसान निकलते हैं॥

मुसलमान क्रांतिकारी : संसार भर में मुसलमान ब्रिटिश साम्राज्यवाद के खिलाफ थे। उन्हें अंग्रेजों की गुलामी में रहना पसंद नहीं था। पश्चिम एशिया में सय्यद रेकजाद ने ईरानियों की समिति बनाई। इस समिति का उद्देश्य था—ईरान के जरिए से भारतीय क्रांतिकारियों की व्यवस्था करना। सन् 1915 में कुछ भारतीय तुर्की पहुँचे। एक टुकड़ी ईरान के रास्ते होकर बगदाद और दूसरी टुकड़ी स्वेज नहर के रास्ते से दमिश्क पहुँची। हाजियों के अध्यक्ष अब्दुल रहमान के साथ स्वेज नहर की ओर से गए, लेकिन आगे नहीं बढ़ सके।

संसार भर में मुसलमान ब्रिटिश साम्राज्यवाद के खिलाफ थे। उन्हें अंग्रेजों की गुलामी में रहना पसंद नहीं था। पश्चिम एशिया में सय्यद रेकजाद ने ईरानियों की समिति बनाई। इस समिति का उद्देश्य था—ईरान के जरिए से भारतीय क्रांतिकारियों की व्यवस्था करना।

ब्रिटिश सेना के उन्नीस मुसलमान सिपाहियों ने जेहाद का ऐलान सुनकर तुर्की छावनी में प्रवेश किया। भारतीय क्रांतिकारियों ने कंतारा जाकर भारतीय सिपाहियों से मिलने की चेष्टा की और मिस्र में क्रांति का प्रचार करना शुरू किया। यह मिशन फेल हो गया। लेकिन 1915 में बरकतउल्ला रिसास आदि क्रांतिकारी इस्तांबुल पहुँचे और अनवर पाशा से मिले। अनवर पाशा ने समझा कि ये सभी मुसलमान हैं तो पूछा, "तुममें कोई हिंदू नहीं है?" यह सुनकर क्रांतिकारियों ने कहा, "सभी हिंदू हैं।" यह सुनकर अनवर पाशा अत्यंत प्रसन्न हुआ और बोला, "मैं बहुत खुश हुआ, क्योंकि मैं धर्म और राजनीति को दो अलग-अलग खेमों में रखता हूँ।"

इसके बाद उन्होंने अलीबे नामक अधिकारी को भारतीय क्रांतिकारियों की सहायता के लिए नियुक्त किया। भारतीयों की ओर से ब्रिटिश सेना के भारतीय सैनिकों को जाग्रत् किया, जिससे वे ब्रिटिश सेना में भगोड़े बन गए। अनवर पाशा ने हिंदुओं और मुसलमानों में अंग्रेजों को मारकर निकालने का

जोश भर दिया था। पाशा ने जो सहयोग दिया, उसका वर्णन विस्तार भय से संभव नहीं है।

मौलवी ओबेदुल्ला

मौलवी ओबेदुल्ला मूलतः सिख थे, किंतु मुसलमान हो गए थे। देवबंद विद्यापीठ में मौलवी होने की दक्षता पा चुके थे। ओबेदुल्ला और मौलाना महमूद हुसैन मिलकर ब्रिटिश साम्राज्य के खिलाफ प्रचार करने लगे। इसी मकसद से दिल्ली में एक मकबरा खोला। मौलाना महमूद हुसैन और मौलवी मोहम्मद मियाँ अरब गए। वहाँ सीमा प्रांत पर गालिब पाशा द्वारा जेहाद का ऐलान कराया। ओबेदुल्ला ने विद्रोह के बाद की स्थिति पर विचार करके योजना बनाई कि राजा महेंद्र प्रताप स्वतंत्र भारत के राष्ट्रपति होंगे और भोपाल के नवाब बरकतउल्ला प्रधानमंत्री। बरकतउल्ला विदेशों में घूमे थे। टोकियो विश्वविद्यालय में हिंदुस्तानी के अध्यापक रहे थे। किंतु अंग्रेजों के इशारे पर जापान ने अध्यापक पद से हटा दिया, तो गदर पार्टी का कार्य करने लगे। काबुल में भारतीय मुसलमानों ने बड़ी तत्परता से कार्य किया। भारत की अस्थायी सरकार की चिट्ठियाँ भावी राष्ट्रपति महेंद्र प्रताप के हस्ताक्षर कराकर विदेशों को भेजी गईं। कुछ चिट्ठियाँ तुर्किस्तान और रूस के जार को भेजी गईं, जिनमें ब्रिटिश सरकार को उखाड़ने का हवाला था। बरकतउल्ला ने विश्वासपात्र हज यात्रियों द्वारा मक्का में महमूद हुसैन को पहुँचाने का दायित्व सौंपा। फौज का केंद्र मदीना था, उसके सेनापति महमूद हुसैन होनेवाले थे और काबुल में स्वयं अब्दुल्ला होनेवाले थे। सन् 1916 में ये चिट्ठियाँ ब्रिटिश सरकार के हाथ लग गईं और सरकार ने मौलाना महमूद हुसैन को उनके चार साथियों के साथ नजरबंद और गालिब पाशा को गिरफ्तार कर लिया। 'गालिबनामा' में यह संदेश दिया गया था कि एशिया, यूरोप और अफ्रीका के मुसलमान एकजुट होकर ब्रिटिश साम्राज्य का अंत कर दें, "ऐ मुसलमानो! तुम्हारा फर्ज है कि इस जालिम सरकार के खिलाफ गुलामी की जंजीरें तोड़ने के लिए खड़े हो जाओ और दुश्मन की जान लेने के लिए आगे बढ़ो।"

इसी तरंग में अफगानिस्तान के अमीर हबीबुल्ला खान अंग्रेजों के विरुद्ध खड़े हो गए, उन्होंने अंग्रेजों के खिलाफ जेहाद की घोषणा कर दी।

कुछ भारतीय मुसलमानों को यह पसंद नहीं था कि तुर्की में हिंदुओं का सम्मान किया जाए। दो-एक मुसलमान ऐसे थे, जिनका मत था कि भारत को अंग्रेजों के हाथ से लेकर तुर्कों को सौंप दिया जाए। इनमें से दिल्ली के अब्दुल जब्बार बर्लिन गए और उन्होंने जर्मन विदेशी दफ्तर में डॉ. वैसेडंक, जो भारतीय मामलों के इंचार्ज थे, से हिंदुओं की बुराई प्रारंभ कर दी और कहा कि हिंदू नीच हैं। मुसलमान फिर भारत पर राज करेंगे। उन्होंने कहा कि वे तुर्कों के लिए कार्य कर रहे हैं। भारत से उनका कोई संबंध नहीं है। यह सुनकर जर्मन अफसर ने कहा, "हमें हिंदू-मुसलमानों के आपसी झगड़े से कोई मतलब नहीं, न तो दुनिया भर में कभी मुसलमानों का राज हुआ और न कभी होगा। जाओ, हिंदुओं से मिलकर काम करो।"

कुछ भारतीय मुसलमानों को यह पसंद नहीं था कि तुर्की में हिंदुओं का सम्मान किया जाए। दो-एक मुसलमान ऐसे थे, जिनका मत था कि भारत को अंग्रेजों के हाथ से लेकर तुर्कों को सौंप दिया जाए। इनमें से दिल्ली के अब्दुल जब्बार बर्लिन गए और उन्होंने जर्मन विदेशी दफ्तर में डॉ. वैसेडंक, जो भारतीय मामलों के इनचार्ज थे, से हिंदुओं की बुराई प्रारंभ कर दी और कहा कि हिंदू नीच हैं। मुसलमान फिर भारत पर राज करेंगे। उन्होंने कहा कि वे तुर्कों के लिए कार्य कर रहे हैं। भारत से उनका कोई संबंध नहीं है।

इस प्रसंग में शहीद-ए-आजम अशफाकउल्ला खान की भूमिका सराहनीय रही। उन्होंने हिंदुओं के साथ मिलकर ब्रिटिश साम्राज्यवाद की गुलामी के खिलाफ आजादी का शंखनाद किया।

ऐसे अमर बलिदानियों की राह में फूलों की बिसात बिछानी चाहिए। हम चाहते हैं कि ऐसे अमर शहीद हमारी यादों के उजाले में सितारों की तरह जगमगाते रहें। आइए! अब बात करते हैं अशफाक और उनके मातृभूमि से प्रेम के जज्बे की।

□

अध्याय-2

अशफाकउल्ला का जीवन परिचय

सरफरोशी की तमन्ना अब हमारे दिल में है।
देखना है, जोर कितना बाजु-ए-कातिल में है।

बिस्मिल के कंठ से यह पुरजोश शेर सुनकर उछल पड़नेवाले शहीद अशफाकउल्ला का जन्म उत्तर प्रदेश के शहीदगढ़, शाहजहाँपुर में रेलवे स्टेशन के पास स्थित कदनखैल जलाल नगर मुहल्ले में 22 अक्तूबर, 1900 को हुआ था। उनकी वाणी का प्रथम स्वर यहीं गूँजा था, जिसे सुनकर शाहजहाँपुर की अमराई में मयूर कूक उठे थे और उनकी कूक ने संगीत का समाँ बाँध दिया था। चिड़िया गीत गा रही थी। फूलों ने अपनी सुगंध से अपने दिल की खुशी जाहिर की। सूरज की गुलाबी रोशनी में हवा फूलों को बड़े दुलार से चूम रही थी, जैसे माँएँ अपने मासूम बच्चों को चूमती हैं। जब उनका जन्मोत्सव हुआ था, तब स्वर्ग की परियाँ पारिजात के ताजे फूलों की

अशफाकउल्ला

वर्षा कर रही थीं और जन्नत की हूरें खुशी में अपनी रेशमी पाजेब छनका रही थीं। ऐसी खुशी क्यों न होती? ईश्वर ने एक विशाल आत्मा को पंचभूतों का शरीर देकर उतारा था इस धरती पर! यह निराली रूह अपनी साँसों से अपने वतन की माटी को सुवासित करने आई थी। परवरदिगार की इस रहमत को देखकर फरिश्तों की आँखों में खुशी के आँसू छलक उठे थे।

अशफाक अपने माँ-बाप के साथ शाहजहाँपुर में रहते थे। उनके वालिद अर्थात् पिता का नाम मोहम्मद शफीक उल्ला खान था। उन्हें 'शाहजहाँपुर का नवाब' कहा जाता था। वे मुसलमानों में पठान कौम के थे, जो कौम अपनी बहादुरी और नेकदिली के लिए दुनिया भर में मशहूर है। उनका परिवार एक विशाल गढ़ी में रहता था, जिसके दरवाजे पर एक पहलवान, लठैत अहीर पहरेदार के रूप में बैठा रहता था। वह बड़ा वफादार और कर्तव्यपरायण था। नवाब साहब उसे अपने परिवार का सदस्य मानते थे।

अशफाकउल्ला खान का घराना एक अमीर घराना था। उनका रहन-सहन का पुराना तरीका अब तक मौजूद था। वे अपने पुरखों की उन बातों को बयाँ करने में गर्व महसूस करते थे, जिससे उनके खानदान की सज्जनता और गौरव दिखाई पड़े। वह रहन-सहन के ढंग और पुराने विश्वासों में अपने पुरखों के पीछे चला करते थे। हाँ, उन्होंने अपनी आदतों और पोशाक में थोड़ी तब्दीली की थी।

अशफाकउल्ला खान का घराना एक अमीर घराना था। उनका रहन-सहन का पुराना तरीका अब तक मौजूद था। वे अपने पुरखों की उन बातों को बयाँ करने में गर्व महसूस करते थे, जिससे उनके खानदान की सज्जनता और गौरव दिखाई पड़े। वह रहन-सहन के ढंग और पुराने विश्वासों में अपने पुरखों के पीछे चला करते थे। हाँ, उन्होंने अपनी आदतों और पोशाक में थोड़ी तब्दीली की थी। खानदान के कुछ लोग पश्चिमी ढंग की पोशाक के शौकीन थे। उनके खानदान की औरतों का लिबास पुराने ढंग का था। काले बुरकों में उनका बदन छिपा रहता था। अशफाक के पिता बड़े नेकदिल और सुशील व्यक्ति थे। वे हिंदुस्तान में

अंग्रेजों के क्रूर शासन से नफरत करते थे। वे कहा करते थे कि अंग्रेज एक जालिम कौम है। अंग्रेजों ने हिंदुस्तान के अंतिम बादशाह बहादुरशाह 'जफर' के पोतों के सिर काटकर सोने के थाल में रेशमी कपड़े से ढककर मांडले की जेल में बूढ़े बादशाह को तरबूज के रूप में भेजे थे। यह कहानी कहते-कहते उनकी आँखों से आँसू बरसने लगते। यह देख अशफाक के भोले हृदय में वेदना कौंध जाती।

अंग्रेजों ने हिंदुस्तान के अंतिम बादशाह बहादुरशाह 'जफर' के पोतों के सिर काटकर सोने के थाल में रेशमी कपड़े से ढककर मांडले की जेल में बूढ़े बादशाह को तरबूज के रूप में भेजे थे। यह कहानी कहते-कहते उनकी आँखों से आँसू बरसने लगते। यह देख अशफाक के भोले हृदय में वेदना कौंध जाती।

अशफाक की माँ का नाम मजहरुन्निसा बेगम था। वे बला की खूबसूरत खबातीनों में अर्थात् स्त्रियों में शुमार की जाती थीं। उनके चेहरे पर गुलाब मुसकराता और महकता था। उनकी बड़ी-बड़ी आँखों में जादुई कशिश थी। उनके सुर्ख लबों पर चाँदनी झलकती थी। लंबा छरहरा बदन, चंपई रंग, ऊँचा माथा, काले लंबे केश सभी कुछ खूबसूरत। ईश्वर ने अपनी अदृश्य उँगलियों से अद्‍भुत साँचे में ढाला था। उस हुस्न की मलिका के रूप और शबाब को देखकर जन्नत की हूरें शर्म से आँखें नीची कर लेती थीं। उस इलाही नूर का दीदार बड़ा सम्मोहक था। जितनी वे सुंदर थीं, उतनी ही गुणवान भी थीं। फूल में सुगंध की तरह, चाँद में रोशनी की तरह। वे बड़ी व्यवहार-कुशल और दरियादिल थीं। वे अपने पड़ोसियों की मुसीबत में मदद करतीं। गरीब और बीमार लोगों को दवा दिलवाती थीं। ईद पर मुसलिम बच्चों को कपड़े दिलातीं और होली-दीवाली पर गरीब हिंदू-मुसलमानों को अनाज का वितरण अपनी खत्ती से निकलवाकर कराती थीं, क्योंकि अधिकतर लोग जाड़ा बीतने से पहले ही रोटी तक को मोहताज हो जाते थे और नवाब साहब के पास जाकर अनाज की फरियाद करते थे। नवाब साहब उदारता के साथ अनाज का वितरण करते थे। फसल पर मामूली बढ़त के साथ वसूल करते थे। आसपास

के इलाके की जनता में नवाब साहब और उनकी बेगम की बड़ी इज्जत थी। यह एक सुखी परिवार था।

अशफाकउल्ला अपने माँ-बाप की अत्यंत प्रिय संतान थे। उनका पालन-पोषण बड़े लाड़-प्यार से हुआ था। उनकी प्रारंभिक शिक्षा घर पर ही हुई थी। उन्होंने हिंदी, उर्दू और अंग्रेजी का ज्ञान बड़े परिश्रम, लगन और साधना से अर्जित किया था। वे उर्दू भाषा के बेहतरीन शायर थे। उनका उर्दू 'तखल्लुस', जिसे हिंदी में उपनाम कहते हैं, 'हसरत' था। उर्दू के अतिरिक्त वे हिंदी और अंग्रेजी में लेख एवं कविताएँ लिखा करते थे। उनका पूरा नाम अशफाकउल्ला खान वारसी 'हसरत' था। अशफाकउल्ला खान ने बाकलम खुद अर्थात् स्वयं स्पष्ट शब्दों में लिखा है अपनी ननिहाल के बारे में। वे अपनी माँ के साथ ननिहाल जाया करते थे। उनका अपनी माँ के प्रति विशेष लगाव था। उनकी नजरों में माँ सर्वश्रेष्ठ होती है। वे अपनी ननिहाल के बारे में विचार प्रकट करते थे कि जहाँ एक ओर उनके बाप-दादाओं के खानदान में एक भी व्यक्ति ग्रैजुएट होने तक की तालीम नहीं पा सका था, वहीं दूसरी ओर उनकी ननिहाल में लगभग सभी लोग आला दरजे की तालीमयाफ्ता अर्थात् उच्च शिक्षा प्राप्त थे। उनमें से कई लोग कलेक्टर, डिप्टी कलेक्टर थे और कई लोग ज्यूडिशियल मजिस्ट्रेट थे। इसके अलावा ऐसे कई लोग थे, जो ऊँचे ओहदों पर मुलाजिम रह चुके थे, लेकिन 1857 के प्रथम स्वतंत्रता संग्राम में उनके ननिहालवालों ने बहादुरशाह 'जफर' तथा हिंदुस्तान का साथ नहीं दिया था। वे अंग्रेजों की

उनका पालन-पोषण बड़े लाड़-प्यार से हुआ था। उनकी प्रारंभिक शिक्षा घर पर ही हुई थी। उन्होंने हिंदी, उर्दू और अंग्रेजी का ज्ञान बड़े परिश्रम, लगन और साधना से अर्जित किया था। वे उर्दू भाषा के बेहतरीन शायर थे। उनका उर्दू 'तखल्लुस', जिसे हिंदी में उपनाम कहते हैं, 'हसरत' था। उर्दू के अतिरिक्त वे हिंदी और अंग्रेजी में लेख एवं कविताएँ लिखा करते थे। उनका पूरा नाम अशफाकउल्ला खान वारसी 'हसरत' था।

गुलामी में जीना पसंद करते थे। इस कारण अवाम अर्थात् जनता ने क्रोध में भरकर उनकी आलीशान कोठी को आग के हवाले कर दिया था। वह कोठी आज भी पूरे शहर में 'जली कोठी' के नाम से मशहूर है, जिसके खँडहरों में उसके निर्माताओं की आत्माएँ अँधेरी रात में सन्नाटे में भटकती फिरती हैं और कयामत के दिन के इंतजार में आँसू बहा रही हैं। अशफाक के दिल पर अपनी ननिहाल का प्रभाव नहीं पड़ा। उनके ननिहालवालों ने प्रथम स्वतंत्रता संग्राम में हिंदुस्तान का साथ न देकर अंग्रेजों का साथ दिया, जिससे उन्हें आंतरिक वेदना हुई। तभी उन्होंने निश्चय कर लिया था कि अंग्रेजों को देश से निकालना जरूरी है, चाहे प्राणों की आहुति देनी पड़े।

अशफाक का व्यक्तित्व बड़ा आकर्षक और सम्मोहक था। उनका शरीर सुगठित था। होंठों पर हलकी और काली मूँछें थीं, जिनमें बहादुरी की चमक थी। आँखों में पाक रूह की ज्योति झलकती थी। उनके भोले चहेरे पर अल्लाह के नूर की चमक थी। उनके अंग-अंग में स्फूर्ति और उत्साह था। बचपन में उन्होंने तैरना सीख लिया था। शाहजहाँपुर में नदी में नित्य स्नान करना और तैरना स्वाभाविक था। उनके पिता रईस तो थे ही। उनके पास एक शानदार घोड़ा था। उस घोड़े पर सवारी करना उन्हें अत्यंत प्रिय था, इसलिए वे एक अच्छे घुड़सवार हो गए। वे क्रिकेट तथा हॉकी खेलना भी पसंद करते थे। वे बंदूक चलाने में प्रवीणता प्राप्त कर चुके थे। उनका निशाना अचूक था। इसका वे नित्य अभ्यास किया करते थे। अशफाकउल्ला बड़े सुडौल, सुंदर और आकर्षक नवयुवक थे। ऐसे सुंदर व्यक्ति संसार में कम होते हैं। वे दिमाग

वह कोठी आज भी पूरे शहर में 'जली कोठी' के नाम से मशहूर है, जिसके खँडहरों में उसके निर्माताओं की आत्माएँ अँधेरी रात में सन्नाटे में भटकती फिरती हैं और कयामत के दिन के इंतजार में आँसू बहा रही हैं। अशफाक के दिल पर अपनी ननिहाल का प्रभाव नहीं पड़ा। उनके ननिहालवालों ने प्रथम स्वतंत्रता संग्राम में हिंदुस्तान का साथ न देकर अंग्रेजों का साथ दिया, जिससे उन्हें आंतरिक वेदना हुई।

से भी होशियार तथा शीघ्र निर्णय लेनेवाले थे। क्रांतिकारियों में अत्यंत बलिष्ठ और शक्तिशाली थे। काकोरी डकैती में खजाने का मजबूत संदूक उन्होंने ही घन से तोड़ा था, तब क्रांतिकारी रुपया निकाल सके।

अशफाक अपने भाई-बहनों में सबसे छोटे थे। सभी लोग उन्हें प्यार से 'अच्छू' कहा करते थे। उनका प्यारा चेहरा देखकर उनकी माँ मुग्ध हो जाती थीं। बचपन में वे अत्यंत चंचल थे, बाग-बगीचों में आमों की डालियों पर चढ़कर खेलते थे। एक बार तो पेड़ की शाखा टूट गई और वे जमीन पर गिर पड़े। घर में कोहराम मच गया। हमारे यहाँ के वैद्य पं. काशीनाथ वहाँ जाकर बस गए थे। वे अवागढ़ राज्य में राजवैद्य रहे थे। उन्होंने अशफाक का इलाज किया। यह घटना मुझे परिवारवालों ने बताई थी। ऐसी और कई घटनाएँ बताईं, जिनका इतिहास में कहीं उल्लेख नहीं है।

एक दिन अशफाक के बड़े भाई रियासत उल्ला ने उन्हें बताया कि रामप्रसाद 'बिस्मिल' एक बड़ा काबिल व्यक्ति है और आला दरजे का शायर भी है। वतन को अंग्रेजों के चंगुल से आजाद कराने के लिए सक्रिय है। आजकल मैनपुरी कांड में गिरफ्तारी के भय के कारण नजर नहीं आ रहा। काफी अरसे से फरार है। खुदा जाने कि कहाँ और कैसे, किन हालात में जिंदगी बसर कर रहा होगा। वह मेरा सबसे उम्दा क्लासफेलो है। तभी से अशफाक बिस्मिल से मिलने के लिए बेताब हो गए। वक्त गुजरा, हमेशा वक्त एक-सा नहीं रहता। किसी ने कहा भी है—'सदा दिन रहत न एक समान।'

वतन को अंग्रेजों के चंगुल से आजाद कराने के लिए सक्रिय है। आजकल मैनपुरी कांड में गिरफ्तारी के भय के कारण नजर नहीं आ रहा। काफी अरसे से फरार है। खुदा जाने कि कहाँ और कैसे, किन हालात में जिंदगी बसर कर रहा होगा। वह मेरा सबसे उम्दा क्लासफेलो है। तभी से अशफाक बिस्मिल से मिलने के लिए बेताब हो गए। वक्त गुजरा, हमेशा वक्त एक-सा नहीं रहता।

आखिर 1920 में आम माफी के बाद रामप्रसाद 'बिस्मिल' अपने मादर-

ए-वतन शाहजहाँपुर आए और घरेलू कारोबार में लग गए। एक मेहनती किसान की तरह खेती करने लगे। अशफाक ने कई बार बिस्मिल से मुलाकात करके उनके विश्वास को अर्जित करना चाहा, किंतु कामयाबी हासिल नहीं हुई। चुनाँचे एक रोज रात को कल-कल निनादिनी खन्नोत नदी के किनारे सुनसान जगह में मीटिंग हो रही थी। अशफाक वहाँ जा पहुँचे। बिस्मिल के एक शेर को सुनकर 'आमीन' कहा तो बिस्मिल ने उन्हें बुलाकर परिचय पूछा। यह जानकर कि अशफाक उनके क्लासफेलो रियासत उल्ला का सगा छोटा भाई है और उर्दू का शायर भी है, उन्हें बेहद खुशी हुई। बिस्मिल ने उनसे आर्य समाज मंदिर में एकांत में मिलने को कहा। परिवारवालों के लाख मना करने पर भी अशफाक आर्य समाज मंदिर पहुँचे और बिस्मिल से काफी देर बातचीत करने के बाद वह उनकी पार्टी 'मातृवेदी' के एक्टिव सदस्य बन गए। यहीं से उनकी जिंदगी का नया फलसफा शुरू हुआ और शायर के साथ-साथ कौम के खिदमतगार बन गए। जिंदगी में कुछ कर-गुजरने की साध जगी और अपने दिमाग में यह फैसला किया—

देखना है जोर कितना बाजु-ए-कातिल में है।

□

अध्याय-3

अशफाकउल्ला की चादर

जब हृदय का तार बोले
शृंखला के बंध खोले,
जहाँ हों बलि शीश अगणित,
एक सिर मेरा मिला ले।

—सोहनलाल द्विवेदी

अंग्रेजों की गुलामी और अत्याचारों से पीड़ित जनता के दुःख-दर्द से दुःखी होकर आजादी के दीवाने नौजवानों के दिलों में गुलामी की जंजीरों को तोड़ने की आवाज कौंधने लगी और वे टोलियाँ बनाकर मरने-मारने के लिए निकल पड़े। अपने वतन को आजाद कराने के लिए अनगिनत सिर बलिदान करने के लिए चल दिए। तब आजादी के दीवाने अशफाक शाहजहाँपुरी पीछे कैसे रह जाते! वह भी 'एक सिर मेरा मिला ले' के लिए मचल उठे।

बंगाल में शचींद्रनाथ सान्याल और योगेश चंद्र चटर्जी जैसे दो प्रमुख नेताओं के गिरफ्तार हो जाने पर 'हिंदुस्तान रिपब्लिकन पार्टी' का पूरा दारोमदार रामप्रसाद 'बिस्मिल' के मजबूत कंधों पर आ गया, जो मैनपुरी कांड में यह प्रतिज्ञा लेकर चले थे—

है देश को स्वाधीन करना जन्म मम संसार में।
तत्पर रहूँगा मैं सदा अंग्रेज दल संहार में॥

इसमें शाहजहाँपुर से प्रेमकृष्ण खन्ना, ठाकुर रोशन सिंह और इनके

अतिरिक्त अशफाकउल्ला खान का योगदान सराहनीय रहा। जब आयरलैंड के क्रांतिकारियों की तर्ज पर जबरन धन छीनने की योजना बनाई गई, तो अशफाक ने अपने बड़े भाई रियासत उल्ला खान की लाइसेंसी बंदूक और दो पेटी कारतूस बिस्मिल को उपलब्ध कराए, ताकि धनाढ्य लोगों के घरों में डकैतियाँ डालकर पार्टी के लिए धन इकट्ठा किया जा सके। लेकिन जब बिस्मिल ने सरकारी खजाना लूटने की योजना बनाई, तो अशफाक ने अकेले ही कार्यकारिणी में इसका खुलकर विरोध किया। उनका यह तर्क था कि अभी यह कदम उठाना खतरे से खाली नहीं होगा, सरकार हमें नेस्तनाबूद कर देगी। सब लोगों ने अशफाक के बजाय बिस्मिल पर खुल्लमखुल्ला यह फब्ती कसी, "पंडितजी, देख ली इस मियाँ की करतूत। हमारी पार्टी में एक मुसलिम को शामिल करने की जिद को आप ही भुगतिए, हम लोग तो चले।"

काकोरी लखनऊ जिले में एक छोटा सा गाँव है। इसे कोई विशेष महत्त्व प्राप्त नहीं था और न अब है, किंतु जिस समय से काकोरी में क्रांतिकारियों ने 8 डाउन गाड़ी खड़ी करके रेल की बोगी को लूट लिया, तब से यह मशहूर हो गया है।

इस पर अशफाक ने कहा, "पंडितजी हमारे लीडर हैं, हम उनके बराबर नहीं हो सकते। हमें उनका फैसला मंजूर है। हम आज कुछ नहीं कहेंगे, लेकिन कल सारी दुनिया देखेगी कि एक पठान ने इस एक्शन को किस तरह अंजाम दिया।"

इस क्रांतिकारी दल को बहुत दूर तक फैलाने के लिए दल को धन की जरूरत होने लगी। हथियार खरीदने, प्रचार के लिए परचे छपवाने आदि कामों में रुपए की सख्त जरूरत थी। रुपए का प्रबंध मुश्किल हो रहा था। आपस में चंदा किया गया, लोगों से चंदे माँगे गए, लेकिन कहीं से काम लायक धन नहीं मिला। गाँवों में डकैतियाँ डाली गईं, किंतु जब विशेष धन नहीं मिला, तो दल के सदस्यों ने काकोरी ट्रेन डकैती की योजना बनाई। मन्मथनाथ गुप्त ने इसका वर्णन करते हुए लिखा है—"काकोरी लखनऊ जिले में एक छोटा सा गाँव है। इसे कोई विशेष महत्त्व प्राप्त नहीं था और न अब है, किंतु जिस समय

से काकोरी में क्रांतिकारियों ने 8 डाउन गाड़ी खड़ी करके रेल की बोगी को लूट लिया, तब से यह मशहूर हो गया है।"

काकोरी रेल डकैती के लिए निश्चय किया गया कि चलती हुई गाड़ी को जंजीर खींचकर रोक लिया जाए और फिर रेल का खजाना लूट लिया जाए। दल के सभी सदस्य 9 तारीख को शाम के समय शाहजहाँपुर से हथियार, छेनी, घन और हथौड़े आदि लेकर गाड़ी पर सवार हो गए। रेल के खजाने के अलावा कोई दूसरा खजाना भी जा रहा था, जिसके साथ बंदूकधारी पहरेदार थे। इसके अतिरिक्त गोरे सैनिक भी गाड़ी में उपस्थित थे। उनमें कदाचित् एक मेजर भी किसी प्रथम श्रेणी के डिब्बे में था। हमारे गुप्तचर ने यह खबर आकर दी तो हम पसोपेश में पड़ गए। अशफाक ने इस कार्य को रोकने के लिए कहा, किंतु गैंग के सदस्यों ने कोई ध्यान नहीं दिया। जब उनकी बात नहीं मानी गई, तो उन्होंने इस कार्य को अंजाम देने के लिए कमर कस ली। उनकी सुंदर बड़ी-बड़ी आँखों में जोश की बिजली चमक उठी। वे बड़े हर्ष और उत्साह के साथ इस कार्य में जुट गए। अशफाक का यह निषेध किसी भय से प्रेरित नहीं था। इसमें उनकी बुद्धिमानी की आवाज थी। बाद के इतिहास में यह पूर्णतः सिद्ध हो गया कि अशफाक का कहना सही था। यदि उनकी बात मान ली जाती तो दल छिन्न-भिन्न न होता।

अशफाकउल्ला, राजेंद्र लाहिड़ी और शचींद्र बख्शी सेकंड क्लास में और चार आदमी तीसरे दरजे के डिब्बे में बैठे थे। रामप्रसाद 'बिस्मिल' के नेतृत्व में कार्य चल रहा था। इन लोगों के पास चार नई माउजर पिस्तौल थी। इनके अतिरिक्त अन्य हथियार भी थे। गाड़ी चली और निश्चित स्थान पर सेकंड क्लास में बैठे लोगों ने जोर से जंजीर खींच दी। गाड़ी खड़ी हो गई और मुसाफिर खिड़की से झाँककर देखने लगे। गार्ड जंजीर खिंचे डिब्बे की ओर तेजी से आ रहा था। गार्ड को पिस्तौल दिखाकर जमीन पर लिटा दिया गया।

दल के सदस्य अपने-अपने डिब्बे से उतर पड़े। इस हड़बड़ी और भगदड़ में अशफाक की चादर सेकंड क्लास के डिब्बे में रह गई। अन्य लोगों ने खजानेवाले डिब्बे में घुसकर खजाने का संदूक धक्का मारकर नीचे गिरा दिया। दोनों ओर से तड़ातड़ गोलियाँ बरसने लगीं। संदूक तोड़ने की समस्या

उपस्थित हुई। वह कैसे खोला जाए, चाबी तो थी नहीं। लोगों ने घन आदि निकालकर संदूक को तोड़ना आरंभ किया, किंतु संदूक में मामूली सुराख कर सके। यह देख बलिष्ठ शरीर के अशफाक घन लेकर संदूक तोड़ने पर जुट गए। उनकी मजबूत चोटों से सुराख बहुत बड़ा हो गया। थैले निकालकर चादर में बाँध लिये गए और झाड़ियों की तरफ चले गए। हथियारबंद हिंदुस्तानी सिपाहियों ने गोलियाँ नहीं चलाईं। गोलियों की बौछार में गाड़ी से उतरने के कारण एक मुसाफिर मारा गया।

पार्टी के सदस्य थैले लेकर लखनऊ के चौक की ओर रवाना हो गए। रास्ते में उन्होंने थैला खोलकर रुपए निकाल लिये और खाली थैले को गोमती के पानी में बहा दिया। इसके बाद सभी सदस्य अपने-अपने परिचित स्थानों पर जाकर छिप गए।

काकोरी के इस क्रांतिकारी लूट कांड से ब्रिटिश साम्राज्य की चूलें हिलने लगीं। सरकार भड़क उठी और चारों ओर पुलिस का जाल फैल गया। इस ट्रेन डकैती में केवल दस आदमी थे, किंतु जब गिरफ्तारियाँ हुईं तो 40 से भी अधिक व्यक्ति गिरफ्तार हुए। इसमें कई निर्दोष व्यक्ति भी गिरफ्तार हुए। देशद्रोही गद्दारों की इस देश में कमी नहीं रही। शाहजहाँपुर के बनारसी लाल और इंदुभूषण मित्र गिरफ्तार होते ही मुखबिर हो गए। कानपुर के गोपी मोहन भी सरकारी गवाह बन गए।

अशफाकउल्ला की तलाश में पुलिस और सी.आई.डी. कई शहरों में चक्कर लगा रही थी। लखनऊ स्टेशन पर सेकंड क्लास डिब्बे से अशफाक की चादर बरामद हुई। शाहजहाँपुर में इस चादर को लेकर खोजते-खोजते एक

पुलिस इंस्पेक्टर नवाब के घर पहुँचा और इनक्वायरी करने लगा कि क्या यह चादर अशफाक की है? नवाब साहब ने चादर उसके हाथ से लेकर ऊपर खड़ी बेगम की ओर फेंकते हुए पूछा, "क्या यह चादर अशफाक की है?" बेगम ने चादर उठा ली और अपने कमरे में ले गई। नवाब ने दरवाजे के पहरेदार से कहा कि साहब को घर के अंदर ले जाकर दिखाओ। चौधरी उठा और इंस्पेक्टर को पकड़कर अनाज की खत्ती में डाल दिया।

अनाज की गरमाहट और वायु के अभाव में इंस्पेक्टर का दम घुटने लगा। वह चीखने-चिल्लाने लगा। वह हिंदुस्तानी इंस्पेक्टर था, अंग्रेज नहीं। वह कम उम्र का खूबसूरत और हट्टा-कट्टा कोतवाल था। वह चीखकर बोला, "नबाब साहब, मेहरबानी करके इस कैद से निकाल दें, मैं आपका अहसान कभी नहीं भूलूँगा।"

अनाज की गरमाहट और वायु के अभाव में इंस्पेक्टर का दम घुटने लगा। वह चीखने-चिल्लाने लगा। वह हिंदुस्तानी इंस्पेक्टर था, अंग्रेज नहीं। वह कम उम्र का खूबसूरत और हट्टा-कट्टा कोतवाल था। वह चीखकर बोला, "नबाब साहब, मेहरबानी करके इस कैद से निकाल दें, मैं आपका अहसान कभी नहीं भूलूँगा।"

नवाब साहब साँस साधकर मौन होकर उसकी दुःख भरी आवाज सुन रहे थे। उसकी रोने की आवाज सुनी, तो उनकी अंतरात्मा में संवेदना जगी। वे गंभीर स्वर में बोले, "अरे कोतवाल! तुम हिंदुस्तानी होकर अंग्रेजों की गुलामी में जी रहे हो और अपने भाइयों पर सितम ढाते हो। तुम्हें शर्म नहीं आती?"

यह सुनकर कोतवाल बोला, "हुजूर! मुझे मेहरबानी करके निकाल लीजिए।" नवाब साहब का दिल पसीज गया। उन्होंने कहा, "अशफाक की माँ से बात करो।" कोतवाल चीखकर पुकारने लगा, "अम्मीजान, मुझे बचा लो। मुझे बेटा समझकर छोड़ दो।"

"तुम मेरे बेटे कैसे हो सकते हो?" बेगम ने कहा, "तुम मेरे बेटे होते तो अपने भाई को गिरफ्तार करने क्यों आते? तुम अंग्रेज हुकूमत के गुलाम हो।"

"नहीं, माँ! मुझे अपना बेटा समझें। मैं आपकी हर बात को अमल में

लाऊँगा। आज से वादा करता हूँ कि अंग्रेजों की गुलामी को बर्दाश्त नहीं करूँगा। मुझे अपना बेटा समझकर खत्ती से बाहर निकाल दो। मैं जिंदगी भर के लिए मुरीद हो जाऊँगा।" ऐसा कहकर वह फूट-फूटकर रोने लगा। बेगम के दिल की माँ को दया आ गई। उसने नवाब से मिन्नत करके चौधरी के द्वारा बाहर निकलवा दिया। वह नवाब साहब के चरणों पर गिरकर फूट-फूटकर रोने लगा। उसने उनके चरणों को आँसुओं से तर कर दिया। वह एकाएक उठा और बदहवास होकर कोतवाली की तरफ भागा और वहाँ बैठे अंग्रेज भेड़ियों को गोली मारकर मौत के घाट उतार दिया और शीघ्र ही अपने घोड़े पर सवार होकर जंगल की ओर भाग गया। अब तक नहीं लौटा।

यह कहानी मेरे मित्र श्री लक्ष्मीकांत द्विवेदी ने सुनाई थी। वे अपने पिता वैद्य काशीनाथ के साथ शाहजहाँपुर में रहे थे। वे मेरे पड़ोसी गाँव फुन्हैरा के निवासी थे।

□

अध्याय-4

पुलिस की गिरफ्त से बाहर

हम दीवानों की क्या हस्ती
हैं आज यहाँ कल वहाँ चले।
मस्ती का आलम साथ चला
हम धूल उड़ाते जिधर चले॥

—अज्ञात

काकोरी डकैती कांड से ब्रिटिश सरकार में हलचल मच गई थी। उसे आभास हो गया था कि भारत में क्रांति का आगाज होनेवाला है, इसलिए क्रांतिकारियों को कुचलने का दमन-चक्र तेज कर दिया था। गोरे अंग्रेज इतने खूँखार हो गए थे कि भोली जनता पर जुल्म ढा रहे थे। शाहजहाँपुर के आसपास के इलाके में उन्होंने गोरी पुलिस तैनात कर दी थी। किसी गाँव की एक युवती अपने खेत में काम कर रही थी। लगभग दस-बारह गोरों ने सामूहिक बलात्कार किया। वह बेहोश हो गई और मर गई। अशफाक को इस कांड की भनक लग चुकी थी। आखिर वे विवश थे, क्या कर सकते थे?

26 सितंबर, 1925 की रात जब पूरे देश में एक साथ गिरफ्तारियाँ हुईं तो आजादी के दीवाने अशफाक पुलिस की आँखों में धूल झोंककर फरार हो गए। यह स्थिति हो गई थी कि वे एक स्थान पर नहीं ठहर सकते थे। आज यहाँ हैं तो कल दूसरी जगह चले जाते। जिधर धूल उड़ाते जाते तो मस्ती का आलम साथ जाता। उन्हें निराशा, हताशा और डर रंचमात्र भी नहीं था, क्योंकि वे भली प्रकार जानते थे—

मौत एक बार जब आनी है तो डरना क्या है?
हम उसे खेल ही समझा किए मरना क्या है?
वतन हमारा रहे शादकाम और आबाद
हमारा क्या है अगर हम रहें, न रहें॥

यह धारणा लेकर पहले तो नेपाल गए और वहाँ प्रकृति के भव्य वातावरण में मन रमाने की कोशिश करते रहे। कुछ दिन वहाँ रहकर कानपुर आ गए और गणेश शंकर विद्यार्थी के प्रताप प्रेस में दो दिन रुके। वहाँ से बनारस होते हुए बिहार प्रदेश के एक जिले डाल्टनगंज में कुछ दिन नौकरी की, किंतु पुलिस सूँघती फिर रही थी उन्हें श्वान की तरह। पुलिस के वहाँ पहुँचने से पहले ही उत्तर प्रदेश के शहर कानपुर वापस आ गए। विद्यार्थीजी ने अपने पास से कुछ रुपए देकर भोपाल उनके बड़े भाई रियासत उल्ला खान के पास भेज दिया। कुछ समय वहाँ रहकर अशफाक राजस्थान और अपने बड़े भाई के मित्र अर्जुन लाल सेठी के घर ठहरे। सेठीजी बड़े सौम्य, सुशील और मिलनसार व्यक्ति थे। उनकी पत्नी रेवती भी बड़ी व्यवहार-कुशल महिला थीं। उन्होंने अशफाक को बड़े सम्मान और प्यार से रखा और किसी प्रकार की असुविधा नहीं होने दी। अशफाक घर जैसा माहौल पाकर बड़े खुश थे। वे वहाँ अपने को सुरक्षित समझते थे, किंतु दैव की गति बड़ी निराली है।

अर्जुन लाल की बेटी राजवती लगभग बीस साल की थी। बड़ी सुंदर और रूपवती थी। उसका प्रत्येक अंग मनोहर और आकर्षक था। ऊँचा माथा,

सोने की लता-सा लचकता शरीर, पतली कमर, सुरमई आँखें, चंचल चितवन, प्यासे और कुँवारे रसीले होंठ। जवानी बड़ी दीवानी होती है—अंधी, बहरी और बेशर्म। संध्या का समय, हलका सा अँधेरा। चाँद आसमान में अकेली किशोरी तारिका का पीछा कर रहा था। वह बड़ी चंचल थी, उसके हाथ नहीं चढ़ रही थी। अशफाक कमरे के बाहर पत्थर की शिला पर बैठे कुछ सोच रहे थे। यौवन प्यार का मौसम है, जीवन की संपत्ति है। राजवती अशफाक के शरीर और रूप पर मुग्ध हो गई थी। उसने अशफाक के पास बैठकर प्यार का इजहार किया और विवाह का प्रस्ताव रखा। यह सुनकर वे हतप्रभ हो गए और सँभलकर बोले, "बहन! तुम मेरे भाई के मित्र की बेटी हो, मेरे लिए भी बेटी के समान हो।"

"नहीं। मैं तुमसे मोहब्बत करती हूँ। अपना दिल और आत्मा तुम्हें सौंप चुकी हूँ।" यह सुनकर अशफाक मौन हो गए। इतने में रेवती ने कहा, "यहाँ बैठी क्या कर रही हो, भइया के लिए चाय ले आओ।" राजवती चली गई। आखिर एक रात को वे बिना बताए सेठी का घर छोड़कर चले गए। अर्जुन लाल और रेवती यह देखकर परेशान हो गए। राजवती सिसकने लगी। यह कहानी मुझे जयपुर में केंद्रीय विद्यालय के चपरासी के नब्बे वर्षीय पिता ने बताई थी। यहाँ जयपुर में अर्जुन लाल सेठी का विद्यालय भी चलता है। अशफाक पुनः बिहार के डाल्टनगंज जिले चले गए और अपनी पुरानी जगह पर नाम बदलकर नौकरी करने लगे, किंतु एक दिन भेद खुल गया तो अशफाक ट्रेन पकड़कर दिल्ली चले गए और अपने जिले शाहजहाँपुर के ही मूल निवासी एक पुराने दोस्त के घर पर ठहरे। बड़ी आवभगत हुई। दोस्त ने हर प्रकार से खयाल रखा। वहाँ कुछ अपनापन

अशफाक ट्रेन पकड़कर दिल्ली चले गए और अपने जिले शाहजहाँपुर के ही मूल निवासी एक पुराने दोस्त के घर पर ठहरे। बड़ी आवभगत हुई। दोस्त ने हर प्रकार से खयाल रखा। वहाँ कुछ अपनापन महसूस हुआ। वहाँ भी दोस्त की लड़की जवान थी। वह अशफाक की सुंदरता पर सम्मोहित हो गई और अपने हावभाव से अपनी मोहब्बत प्रकट करने लगी।

महसूस हुआ। वहाँ भी दोस्त की लड़की जवान थी। वह अशफाक की सुंदरता पर सम्मोहित हो गई और अपने हावभाव से अपनी मोहब्बत प्रकट करने लगी। एक रात को मुसकराते हुए अपनी बाँह गले में डाल दी। हालात से आजिज अशफाक पासपोर्ट बनवाकर विदेश जाकर लाला हरदयाल से मिलने का इरादा बनाने लगे। वे दिल्ली छोड़ना चाहते थे, किंतु किसी भेदिए से खबर पाकर दिल्ली की खुफिया पुलिस के उप-कप्तान इकरामुल हक ने उन्हें गिरफ्तार कर लिया। ऐसा कहा जाता है कि उस दोस्त ने ही अशफाक को पकड़वाने में पुलिस की पूरी सहायता की थी और दोस्ती को कलंकित किया था। उसे ईश्वर का भी डर नहीं लगा। धोखा देना एक नैतिक अपराध है।

अशफाक अपनी जिद पर अड़े रहे और कृपाशंकर हजेला को अपना वकील नियुक्त किया। यह देखकर एक दिन सी.आई.डी. के पुलिस कप्तान खान बहादुर तसद्दुक हुसैन जेल में जाकर अशफाक से मिले और उन्हें फाँसी की सजा से बचने के लिए सरकारी गवाह बनने की सलाह दी, किंतु अशफाक ने उनकी उचित सलाह पर कोई ध्यान नहीं दिया।

यह एक ऐतिहासिक सच्चाई है कि काकोरी कांड का फैसला 6 अप्रैल, 1926 को सुना दिया गया था। अशफाकउल्ला खान और शचींद्रनाथ बख्शी को पुलिस बहुत कोशिश के बाद गिरफ्तार कर पाई थी। इसलिए स्पेशल सेशन जज जे.आर.डब्ल्यू. बैनेट की अदालत में 7 दिसंबर, 1926 को एक पूरक मुकदमा दायर किया गया। मुकदमे के मजिस्ट्रेट ऐनुद्दीन ने अशफाक को एक नेक सलाह दी कि वे किसी मुसलमान वकील को अपने केस के लिए नियुक्त करें। लेकिन अशफाक अपनी जिद पर अड़े रहे और कृपाशंकर हजेला को अपना वकील नियुक्त किया। यह देखकर एक दिन सी.आई.डी. के पुलिस कप्तान खान बहादुर तसद्दुक हुसैन जेल में जाकर अशफाक से मिले और उन्हें फाँसी की सजा से बचने के लिए सरकारी गवाह बनने की सलाह दी, किंतु अशफाक ने उनकी उचित सलाह पर कोई ध्यान नहीं दिया। इस पर उन्होंने एकांत में ले जाकर सहानुभूतिपूर्ण शब्दों

में समझाया—"देखो अशफाक भाई! तुम भी मुसलिम हो और अल्लाह के फजल से मैं भी एक मुसलिम हूँ। इस वास्ते तुम्हें आगाह करता हूँ। ये रामप्रसाद 'बिस्मिल' वगैरह सारे लोग हिंदू हैं। ये यहाँ हिंदू सल्तनत कायम करना चाहते हैं। तुम कहाँ इन काफिरों के चक्कर में आकर अपनी जिंदगी जाया करने की जिद पर तुले हुए हो। मैं तुम्हें आखिरी बार समझाता हूँ। मियाँ, मान जाओ, फायदे में रहोगे।"

देश की भलाई के लिए हजारों बार मरने को तैयार थे अशफाक। यहाँ तक कि वे किसी कष्ट के सामने झुकना तथा उसको ध्यान में लाना उचित नहीं समझते थे। अशफाक मौत से डरनेवाले नहीं थे। उनका विचार था कि मौत से डरना तो बुजदिलों का काम है, क्योंकि वे तो दिन भर में सौ बार मरते हैं।

तसद्दुक हुसैन की इतनी बात सुनते ही अशफाक की त्योरियाँ चढ़ गईं और वे अत्यधिक क्रोध में आकर बोले, "खबरदार! जनाब! जबान सँभालकर बात कीजिए। पं. रामप्रसाद 'बिस्मिल' को आपसे ज्यादा मैं जानता हूँ। उनका मकसद यह बिल्कुल नहीं है और अगर हो भी तो हिंदू राज्य इस अंग्रेजी से बेहतर ही होगा। आपने उन्हें काफिर कहा, इसके लिए मैं आपसे यही दरख्वास्त करूँगा कि मेहरबानी करके आप अभी इसी वक्त यहाँ से तशरीफ ले जाएँ, वरना मेरे ऊपर दफा 302 कत्ल का एक और मुकदमा दायर हो जाएगा।" इतना सुनकर और अशफाक का रौद्र रूप देखकर बेचारे कप्तान साहब तसद्दुक हुसैन की सिट्टी-पिट्टी गुम हो गई और वे अपना-सा मुँह लेकर वहाँ से चुपचाप खिसक लिये।

अशफाक अंग्रेजों की गुलामी की जंजीरों को तोड़ने को कटिबद्ध थे। उनका यही संकल्प और व्रत था—

देश हित मरना पड़े मुझको सहस्रों बार भी,
तो भी न मैं इस कष्ट को निज ध्यान में लाऊँ कभी।

देश की भलाई के लिए हजारों बार मरने को तैयार थे अशफाक। यहाँ तक कि वे किसी कष्ट के सामने झुकना तथा उसको ध्यान में लाना उचित

नहीं समझते थे। अशफाक मौत से डरनेवाले नहीं थे। उनका विचार था कि मौत से डरना तो बुजदिलों का काम है, क्योंकि वे तो दिन भर में सौ बार मरते हैं। बहादुर पुरुष मौत से नहीं डरते, क्योंकि वे जानते हैं कि मौत तो निश्चित रूप से एक बार आनी है। जैसाकि उन्होंने अपने शेर में अभिव्यक्त किया है—

बुजदिलों ही को सदा मौत से डरते देखा,
गोकि सौ बार उन्हें रोज ही मरते देखा।
मौत से वीर को हमने नहीं डरते देखा,
मौत को जब एक बार आना है तो डरना क्या है।

ऐसा कहा जाता है कि गुजरे हुए जमाने में हिंदुस्तान को सोने की चिड़िया कहा जाता था। अशफाक के अनुसार वतन एक शानदार गुलशन था, जहाँ पेड़-पौधे आजादी की हवा के झोंकों में आनंद लेते थे, फूल आजादी के माहौल में महकते थे। वह आजादी का सवेरा, जिसमें सूरज की रोशनी का आजाद उजाला था।

बर्जिल महाशय ने कहा था—"जनकल्याण देशभक्तों का श्रेष्ठतम उद्देश्य होता है। अशफाक का उद्देश्य था—अंग्रेजों की गुलामी से वतन को आजाद करके जनकल्याण करना। ऐसा कहा जाता है कि गुजरे हुए जमाने में हिंदुस्तान को सोने की चिड़िया कहा जाता था। अशफाक के अनुसार वतन एक शानदार गुलशन था, जहाँ पेड़-पौधे आजादी की हवा के झोंकों में आनंद लेते थे, फूल आजादी के माहौल में महकते थे। वह आजादी का सवेरा, जिसमें सूरज की रोशनी का आजाद उजाला था। लेकिन अंग्रेजों ने हमें इससे वंचित कर दिया था। वतन की पाक रूहें अंग्रेजों के तंग गुलामों की गुलाम थीं। उनकी रूहों और जिस्मों के लिए एक ही ढाँचे में ढला हुआ कानून बनाया गया था। अंग्रेज देश को बरबाद करने के गुनहगार थे। अशफाक ने अपने उजड़े हुए वतन को देखकर अपने दिल के दर्द को बयाँ करते हुए कहा था—

वो गुलशन जो कभी आबाद था गुजरे जमाने में,
मै शाख-ए-खुश्क हूँ हाँ! हाँ! उसी उजड़े गुलिस्ताँ की।

अशफाक का वतन तो उजड़ गया है। उसमें कुछ भी नहीं बचा, अंग्रेज लुटेरे सबकुछ लूटकर ले गए। अब तो खाक के सिवा कुछ नहीं रहा—

वो रंग अब कहाँ नसरीनो नसतरन में,
उजड़ा हुआ पड़ा क्या खाक है वतन में।

अल्बर्ट हावर्ड ने कहा है, "मैं सामाजिक, आर्थिक, पारिवारिक, राजनीतिक, मानसिक और आध्यात्मिक स्वतंत्रता में विश्वास करता हूँ।" ठीक इसी प्रकार की आजादी चाहते थे अशफाकउल्ला।

गुलामी के संबंध में खलील जिब्रान के विचार थे—

मैंने लँगड़ी गुलामी को देखा, जो मनुष्य की गरदन को निर्दय शासक के शासन के तले झुकाए रखती है और शक्तिशाली शरीरों तथा निर्बल मस्तिष्कों को लोभ के फंदों को सौंप देती है कि वे उनकी शक्ति के औजार बनकर प्रयोग में आएँ।"

अंग्रेज ऐसे ही निर्दय और अत्याचारी शासक थे, जिनके शासन के तले हिंदुस्तान की जनता अपनी गरदन झुकाए रखती थी और शक्तिशाली शरीरों और निर्बल मस्तिष्कों को लोभ के वशीभूत होकर अंग्रेजों को सौंप दिया था। वे अंग्रेजों के नौकर बनकर, अफसरों का तमगा लगाकर अपने भाइयों को ही जुल्म का शिकार बनाते थे और वतन पर अंग्रेजों की गुलामी की हिफाजत करते थे। अशफाकउल्ला और उनके साथी भला यह कैसे बर्दाश्त करते? उन्होंने आजादी की जंग छेड़ रखी थी और वतन को आजाद कराने के लिए सिर पर कफन बाँधकर निकल पड़े थे, क्योंकि उनके दिल में सरफरोशी की तमन्ना जो थी।

अंग्रेज ऐसे ही निर्दय और अत्याचारी शासक थे, जिनके शासन के तले हिंदुस्तान की जनता अपनी गरदन झुकाए रखती थी और शक्तिशाली शरीरों और निर्बल मस्तिष्कों को लोभ के वशीभूत होकर अंग्रेजों को सौंप दिया था। वे अंग्रेजों के नौकर बनकर, अफसरों का तमगा लगाकर अपने भाइयों को ही जुल्म का शिकार बनाते थे और वतन पर अंग्रेजों की गुलामी की हिफाजत करते थे।

अशफाक प्रतिभाशाली और दूरदर्शी नवयुवक थे। उनमें और रामप्रसाद 'बिस्मिल' में गहरी प्रीति थी। वे बिस्मिल का तहेदिल से सम्मान करते थे। बिस्मिल भी इस खूबसूरत युवक को प्यार से 'कृष्ण-कन्हैया' कहा करते थे। अशफाक ने आजादी की जंग जीतने के लिए बिस्मिल को यह सलाह दी थी कि क्रांतिकारी गतिविधियों के साथ-साथ कांग्रेस पार्टी में भी अपनी पैठ बनाकर रखना हमारी कामयाबी में मददगार ही साबित होगा। बहरहाल अशफाक और बिस्मिल के साथ शाहजहाँपुर के और भी कई नवयुवक कांग्रेस में शामिल हुए और पार्टी को कौमी ताकत अता की। अहमदाबाद की कांग्रेस में रामप्रसाद 'बिस्मिल' व प्रेमकृष्ण खन्ना के साथ अशफाक भी शामिल हुए। वहाँ अधिवेशन में उनकी मुलाकात मौलाना हसरत मोहानी से हुई, जो कांग्रेस के वरिष्ठ सरमाएदारों में शुमार किए जाते थे। मौलाना हसरत मोहानी द्वारा प्रस्तुत पूर्ण स्वराज प्रस्ताव का जब गांधीजी ने विरोध किया तो शाहजहाँपुर के कांग्रेसी स्वयंसेवकों ने गांधीजी की डटकर मुखालफत की और बहुत हंगामा मचाया। आखिरकार गांधीजी को न चाहते हुए भी प्रस्ताव स्वीकार करना पड़ा। इसी प्रकार दिसंबर 1922 की गया कांग्रेस में बिहार में भी नवयुवकों ने गांधीजी का विरोध किया। वहाँ बंगाल और उत्तर प्रदेश के नवयुवक एक हो गए और गांधीजी से यह सवाल पूछा, "आपने किससे पूछकर असहयोग आंदोलन वापस लिया?"

अशफाक ने आजादी की जंग जीतने के लिए बिस्मिल को यह सलाह दी थी कि क्रांतिकारी गतिविधियों के साथ-साथ कांग्रेस पार्टी में भी अपनी पैठ बनाकर रखना हमारी कामयाबी में मददगार ही साबित होगा। बहरहाल अशफाक और बिस्मिल के साथ शाहजहाँपुर के और भी कई नवयुवक कांग्रेस में शामिल हुए और पार्टी को कौमी ताकत अता की।

सन् 1922 की कांग्रेस के बाद पार्टी दो दलों में विभक्त हो गई—एक अमीर लोगों का, दूसरा आम तबकों के नवयुवकों का। अमीर लोगोंवाले दल ने 1 जनवरी, 1925 को स्वराज पार्टी बना ली।

इस पर दूसरे दल ने क्रांतिकारी पार्टी के गठन का निश्चय किया। बंगाल के कुछ नौजवान सीधे शाहजहाँपुर आकर मैनपुरी षड्‌यंत्र के अनुभवी क्रांतिकारी रामप्रसाद 'बिस्मिल' से मिले और उनसे नई पार्टी के गठन में सहयोग करने का आग्रह किया, लेकिन बिस्मिल उन दिनों सिल्क की साड़ियों के व्यापार में उलझे हुए थे। उनके पास समय नहीं था। इस पर अशफाक ने उन्हें चतुराई से समझाया और उन्होंने अपनी ओर से पूर्ण सहयोग देने का वचन दिया। उसके बाद ही रामप्रसाद 'बिस्मिल' ने अपने साझीदार बनारसीलाल को सारा कारोबार सौंप दिया और पूरे मन और लगन से अशफाक और बिस्मिल क्रांतिकारी पार्टी के गठन में जुट गए। पार्टी की ओर से 1 जनवरी, 1925 को अंग्रेजी भाषा में छापे गए घोषणा-पत्र 'दि रिवॉल्यूशनरी' को पूरे उत्तर प्रदेश के हर व्यक्ति तक पहुँचाने में अशफाक की सराहनीय भूमिका को देखते हुए एच.आर.ए. की केंद्रीय कार्यकारिणी के सदस्य योगेश चंद्र चटर्जी ने उन्हें बिस्मिल का परम सहकारी लेफ्टिनेंट मनोनीत किया और प्रदेश की सारी जिम्मेदारी इन दोनों व्यक्तियों के कंधों पर डालकर स्वयं बंगाल चले गए।

इस प्रकार क्रांतिकारी पार्टी का गठन हुआ। इसमें अशफाक ने अहम भूमिका का निर्वहन किया। काकोरी डकैती कांड में अशफाक की सराहनीय भूमिका रही। फिर तो सारे देश में—

आजादी लेनेवालों की,
पुरजोर चल पड़ी थी आँधी।
सारे भारत में आवाज उठी
जय-जय गांधी, जय-जय गांधी।

□

अध्याय-5

प्रतिभावान अशफाकउल्ला

संसार में ऐसे मनुष्य अनेक हैं, जो सागर के गर्जन के समान चीखते रहते हैं, लेकिन उनका जीवन खोखला और प्रवाहहीन होता है, जैसे सड़ता हुआ दलदल। और अनेक लोग ऐस भी हैं, जो अपने सिरों को पर्वत की चोटी से भी ऊपर उठाकर चलते हैं।

—खलील जिब्रान

अशफाकउल्ला ऐसे प्रतिभाशाली व्यक्ति थे, जो अपना सिर पर्वत की चोटी से भी ऊपर उठाकर चलते थे। प्रतिभावान इनसान अपना रास्ता स्वयं खोज लेते हैं और अपना ही दीप लेकर चलते हैं। अशफाकउल्ला अपने आत्मविश्वास और साहस का दीप लेकर वतन को अंग्रेजों की गुलामी के अँधेरे से निकालकर आजादी के उजाले में लाने के लिए प्रयत्नशील थे। प्रवाहहीन नहीं थे, गतिशील थे। इस आजादी के दीवाने पठान की नस-नस में आजादी का रक्त प्रवाहित था! उनके कंठ की यही जोश भरी हिलोर थी—

सैयाद जुल्मपेशा आया है, जब से हसरत,
हैं बुलबुले कफस में जागो, जगन चमन में॥

उन्होंने सैयाद बेरहम, बेदर्द अंग्रेजों के कफस से अपने वतन के लोगों को निकलने का संदेश दिया। किंतु यहाँ का आदमी जीवन के अँधेरे पहलू में ही खुश रहकर मुसीबत से समझौता कर लेता है, जालिमों के जुल्म को भी सहन कर लेता है। जिंदगी को अँधेरे पहलू में ही देखता है। एक बार अंग्रेज

लेखक स्विफ्ट ने कहा था—"यदि दुनिया में कोई सच्चा प्रतिभाशाली दिखाई देता है तो उसे परखने का यही निशान है कि उसके खिलाफ सारी पार्टियों में मूर्खताएँ शामिल होती हैं।"

अशफाक एक सच्चे प्रतिभाशाली युवक थे। उनकी प्रतिभा में उनके चरित्र की निम्न विशेषताएँ दर्शनीय हैं—

अशफाक का शरीर सुगठित और बलिष्ठ था। बड़े संयमी, परिश्रमी और लगनशील थे। उनके चरित्र में सद्‌गुण, साहस, सत्य, शूरता और लोकोत्तर उत्तमता के साथ मेधाबल और निर्भयता समाहित थी। उनमें पौरुष क्षमता, शांति और करुणा के सभी मानवीय गुण परिलक्षित होते थे।

शायर : यह कहा जाता है, 'कवि पैदा होते हैं, बनाए नहीं जाते।' अशफाक जन्मजात शायर थे, किसी साँचे में नहीं ढाले गए। अंग्रेज कवि शैली ने कहा है कि गीत में कवि के दिल का दर्द गाता है। अशफाक की शायरी में उनके कवि हृदय की पीड़ा मुखर हुई है। जनता को जगाने का आगाज है। उन्होंने दर्द-ए-गम को छुपाने की बहुत कोशिश की, मगर उनके दिल की परछाइयाँ उनके चेहरे पर झलकती थीं। जैसाकि उन्होंने अपनी शायरी में बयाँ किया है—

जिगर मैंने छुपाया लाख अपना दर्द-ए-गम लेकिन,
बयाँ कर दी मेरी सूरत ने सारी कैफियत दिल की॥

उनकी शायरी में अंग्रेजों के जुल्म और सितम का दर्द बोलता था। रामप्रसाद 'बिस्मिल' और अशफाक में शायरी की होड़-सी लगी थी, लेकिन उनके शेरों और नगमों में वतन की आजादी का पैगाम था। उसी के लिए अपनी बेशकीमती जिंदगी कुरबान कर दी थी। आज भी उनकी शायरी हमारे दिल में रूहानी जज्बा पैदा कर देती है।

आकर्षक व्यक्तित्व : अशफाक का शरीर सुगठित और बलिष्ठ था। बड़े संयमी, परिश्रमी और लगनशील थे। उनके चरित्र में सद्‌गुण, साहस, सत्य, शूरता और लोकोत्तर उत्तमता के साथ मेधाबल और निर्भयता समाहित

थी। उनमें पौरुष क्षमता, शांति और करुणा के सभी मानवीय गुण परिलक्षित होते थे। श्री रामनरेश त्रिपाठी ने अपने काव्य में मानवीय गुणों का इस प्रकार समाहार किया है—

क्षमा, शांति, करुणा, उदारता,
श्रद्धा-भक्ति, विनयता।
सज्जनता, शुचिता, मनस्विता,
मेधाबल निर्भयता॥

हिंद मेरा मुल्क है। मैं हिंद का हूँ, हिंद मेरा है। मेरा वतन है, मुझे बहुत प्यार है। वतन के तईं प्यार ही मेरा ईमान है। खुद हजरत मोहम्मद ने शरीयत में कहा था कि वतनपरस्ती ईमान की निशानी है। मैं एक ईमानदार वतनपरस्त हिंद की मिट्टी में मिल जाना चाहता हूँ।

अशफाक इनसानियत की राह के मील के पत्थर थे। इनसानियत ही उनका धर्म था।

देशभक्त : शेक्सपियर ने कहा था—"मैं अपनी जिंदगी से बढ़कर अपने देश को सुकोमल, पवित्र तथा आंतरिक गहराई से प्रेम और सम्मान करता हूँ।" यही भाव अशफाक के दिल में गहरा पैठा था। वे अपने दोस्तों से कहा करते थे—"हिंद मेरा मुल्क है। मैं हिंद का हूँ, हिंद मेरा है। मेरा वतन है, मुझे बहुत प्यार है। वतन के तईं प्यार ही मेरा ईमान है। खुद हजरत मोहम्मद ने शरीयत में कहा था कि वतनपरस्ती ईमान की निशानी है। मैं एक ईमानदार वतनपरस्त हिंद की मिट्टी में मिल जाना चाहता हूँ।" यह कथन तो शेक्सपियर से भी बढ़कर है। यहाँ उनके दर्द भरे दिल की आवाज है, जिसमें उनकी ममता की गूँज है—

वतन हमारा रहे शादकाम और आबाद,
हमारा क्या है हम रहें, रहें न रहें।

सदियों पहले उनका हिंद आबाद था, धन-दौलत और सुख-सुविधा से लबरेज। लेकिन अत्याचारी कमबख्त अंग्रेजों ने उसे लूटकर बरबाद कर दिया, जैसाकि उन्होंने निम्न पंक्तियों में इजहार किया है—

गुलो-नसरीनो-सम्बुल की जगह अब खाक उड़ती है,
उजाड़ा हाय! किस कमबख्त ने बोस्ताँ मेरा।

आदर्श चरित्रवान : प्रत्येक मनुष्य का जीवन चरित्र से ही निखरता है। चरित्र मानव जीवन का महकता पुष्प है। चरित्र उसके कर्म, ज्ञान, संकल्प, साहस तथा आचरण पर निर्भर करता है। महापुरुष गेटे ने कहा था—

सद्‌गुण एकांत में विकसित होते हैं, किंतु चरित्र तो दुनिया के तूफानी दौर में ही निर्मित होता है।

अशफाकउल्ला हिंदुस्तान के तूफानी दौर से गुजर रहे थे, अंग्रेजों की पुलिस उन्हें गिरफ्तार करने के लिए पीछे पड़ी थी। कभी वे नेपाल भागते, कभी बिहार, कभी कानपुर तो कभी भोपाल। राजस्थान में अपने भाई रियासत उल्ला खान के दोस्त अर्जुन लाल सेठी के यहाँ रुके। उनकी बेटी राजवती सुंदर थी, उसके अंगों में जवानी अँगड़ाई ले रही थी। वह अशफाक के बलिष्ठ शरीर और सौंदर्य पर मुग्ध हो गई। उसने शाम के धुँधलके में उनके सामने शादी का प्रस्ताव रख दिया। संकल्प के धनी अशफाक पसोपेश में पड़ गए। चरित्रवान अशफाक ने उसे समझाया और एक रात को सेठी को बिना बताए उनका घर छोड़कर चले गए। बिहार के डाल्टनगंज से नौकरी छोड़कर दिल्ली में आकर शाहजहाँपुर में अपने पुराने दोस्त के घर ठहरे। वहाँ दोस्त की लड़की ने भी अशफाक पर मोहब्बत के डोरे डालने शुरू कर दिए। वहाँ से भी वे रफू-चक्कर हो गए। इस प्रकार से उन्होंने अपने निष्कलंक चरित्र का परिचय दिया।

अशफाकउल्ला हिंदू-मुसलिम एकता के समर्थक थे। मजहब के नाम पर हिंदू और मुसलमानों में किसी प्रकार भेद बर्दाश्त नहीं था। भारतीय स्वतंत्रता संग्राम के संपूर्ण इतिहास में बिस्मिल और अशफाक की भूमिका निर्विवाद रूप से हिंदू-मुसलिम एकता का अनुपम आख्यान है। उन दोनों में गहरी प्रीति थी।

हिंदू-मुसलिम एकता : अशफाकउल्ला हिंदू-मुसलिम एकता के समर्थक थे। मजहब के नाम पर हिंदू और मुसलमानों में किसी प्रकार भेद

बर्दाश्त नहीं था। भारतीय स्वतंत्रता संग्राम के संपूर्ण इतिहास में बिस्मिल और अशफाक की भूमिका निर्विवाद रूप से हिंदू-मुसलिम एकता का अनुपम आख्यान है। उन दोनों में गहरी प्रीति थी। रामप्रसाद 'बिस्मिल' अशफाक को कृष्ण-कन्हैया कहा करते थे। "नहीं, मेरे कृष्ण-कन्हैया, ऐसी बात नहीं है।" यहाँ उनकी रूहानी मोहब्बत झलकती है। इसी प्रकार अशफाक भी प्यार भरे लहजे में कहा करते थे—"राम भाई! मान गए, आप तो उस्तादों के भी उस्ताद हैं।" सी.आई.डी. के पुलिस कप्तान खान बहादुर तसद्दुक हुसैन उनसे जेल में जाकर मिले और उन्हें फाँसी से बचने की सलाह देते हुए कहा, "देखो अशफाक भाई! तुम भी मुसलिम और अल्लाह के फजल से मैं भी मुसलिम हूँ, इस वास्ते तुम्हें आगाह कर रहा हूँ। ये रामप्रसाद 'बिस्मिल' वगैरह सारे लोग हिंदू हैं। इन काफिरों के चक्कर में मत पड़ो।"

अशफाक को हिंदू-मुसलिम का भेद बर्दाश्त नहीं था। उन्होंने फैजाबाद जेल से अपना आखिरी पैगाम हिंदुस्तान के अवाम के नाम उर्दू भाषा में लिखकर भेजा था कि अंग्रेजी सरकार मजहब के नाम पर मुसलिमों को गुमराह कर रही है। मुसलिम समुदाय के लोग इस पर खास तवज्जो अता करें।

यह सुनते ही अशफाक आगबबूला होकर बोले, "खबरदार, जबान सँभालकर बात कीजिए। पंडितजी को आप काफिर कहते हैं, अभी यहाँ से मेहरबानी करके तशरीफ ले जाइए।" अशफाक को हिंदू-मुसलिम का भेद बर्दाश्त नहीं था। उन्होंने फैजाबाद जेल से अपना आखिरी पैगाम हिंदुस्तान के अवाम के नाम उर्दू भाषा में लिखकर भेजा था कि अंग्रेजी सरकार मजहब के नाम पर मुसलिमों को गुमराह कर रही है। मुसलिम समुदाय के लोग इस पर खास तवज्जो अता करें। अहमदाबाद कांग्रेस में हिंदू-मुसलिम एकता के फायदे बताए थे। अशफाक बचपन में यह गाया करते थे—

हमेशा मिल के रहने का नतीजा नेक होता है,
वहीं कुछ लुत्फ होता है, जहाँ दिल एक होता है।

वतन का गौरव : अशफाक को अपने वतन के शानदार जमाने की याद आती थी। उनके लंबों पर उनके दिल की यही आवाज तैरती थी—

वो गुलशन जो कभी आबाद था गुजरे जमाने में,
मैं शाख-ए-खुश्क हूँ हाँ! हाँ! उसी उजड़े गुलिस्ताँ की।

अंग्रेजों ने देश को बरबाद कर दिया। ये जाहिल देश का सोना-चाँदी, हीरे-जवाहरात, यहाँ तक कि तख्त-ए-ताऊस और कोहिनूर हीरा भी अपने देश ले गए। यहाँ के उद्योग-धंधे चौपट कर दिए। ढाका की मशहूर मलमल को मिटा दिया। सारी चीजें विदेश के बाजारों से बनकर आती थीं और कच्चा माल हिंदुस्तान से जाता था। हमारे देश के निवासी गरीबी, बीमारी, बेकारी में रहकर यातनामय और लज्जाजनक जिंदगी जी रहे थे। संपदा और समृद्धि से वंचित। वतन की बरबादी और तबाही उनके दिल में शूल की तरह घूमती थी। यह वेदना उन्होंने नीचे लिखे शेर में व्यक्त की है—

अंग्रेजों ने देश को बरबाद कर दिया। ये जाहिल देश का सोना-चाँदी, हीरे-जवाहरात, यहाँ तक कि तख्त-ए-ताऊस और कोहिनूर हीरा भी अपने देश ले गए। यहाँ के उद्योग-धंधे चौपट कर दिए। ढाका की मशहूर मलमल को मिटा दिया। सारी चीजें विदेश के बाजारों से बनकर आती थीं और कच्चा माल हिंदुस्तान से जाता था।

तबाही जिसकी किस्मत में लिखी वर्के-हसद से थी,
उसी गुलशन की शाख-ए-खुश्क पर है आशियाँ मेरा॥

अशफाक को देश की बरबादी और गुलामी में जीना गवारा नहीं था। वे वतन को अंग्रेजों की गुलामी और कैद से आजाद कराने के बेताब जज्बात और जुनून के साथ मरना पसंद करते थे। आजादी की खुली हवा में परिंदों की तरह उड़ना ही उनका मकसद था।

आजादी की भविष्यवाणी : अशफाक और उनके साथियों का विश्वास था कि एक दिन हिंदुस्तान जरूर आजाद होगा और अंग्रेज अपना

दामन समेटकर यहाँ से काला मुँह कर जाएँगे। रामप्रसाद 'बिस्मिल' का दृष्टिकोण आशावादी था। उन्होंने अपनी मशहूर गजल 'उम्मीदे सुखन' में यह स्पष्ट किया है कि देश रिहा जरूर होगा। उन्होंने यह भविष्यवाणी करते हुए कहा था—

कभी तो कामयाबी पर मेरा हिंदोस्तां होगा,
रिहा सैयाद के हाथों से अपना आशियाँ होगा।

अशफाक पहले से ही जानते थे, उनकी शहादत के बाद हिंदुस्तान में लिबरल पार्टी यानी कांग्रेस ही पावर में आएगी और उन जैसे आम तबके के बलिदानियों की कोई चर्चा नहीं होगी। सिर्फ शासकों के स्मृति लेख ही सुरक्षित रखे जाएँगे।

यह गजल अशफाक को बहुत पसंद थी। उन्होंने इसी बहर में सिर्फ एक ही शेर कहा था, जो उनकी अप्रकाशित डायरी में उपलब्ध हुआ है। अशफाक को आशा ही नहीं, पूर्ण विश्वास था कि उनका प्यारा वतन जरूर आजाद होगा और बहुत ही जल्दी गुलामी की जंजीर टूट जाएगी। यह उनकी अंतरात्मा की गहराइयों से स्वर फूटा था—

बहुत ही जल्दी टूटेंगी गुलामी की जंजीरें,
किसी दिन देखना आजाद ये हिंदोस्तां होगा।

उनकी भविष्यवाणी सार्थक हुई, जो आज हम आजाद भारत में साँस ले रहे हैं। शहीदों की फौलादी आवाजें आज भी वायुमंडल में गूँज रही हैं। सदियों से गुलाम रहे देश के गुलाम लोकतंत्र की सत्ता पर काबिज हैं, उन्हें देश-प्रेम तो छू तक नहीं गया। वे विदेश के बैंकों में देश की दौलत को जमा कर रहे हैं। शहीदों की फाँसी के फंदों से निकली साँसें धिक्कार रही हैं।

अशफाक पहले से ही जानते थे, उनकी शहादत के बाद हिंदुस्तान में लिबरल पार्टी यानी कांग्रेस ही पावर में आएगी और उन जैसे आम तबके के बलिदानियों की कोई चर्चा नहीं होगी। सिर्फ शासकों के स्मृति लेख ही सुरक्षित रखे जाएँगे। तभी यह कता कहकर वर्तमान हालत की भविष्यवाणी बहुत पहले सन् 1927 में ही कर दी थी—

जुबाने-हाल से अशफाक की तुर्बत ये कहती है,
मुहिब्बाने वतन ने क्यों हमें दिल से भुलाया है ?
बहुत अफसोस होता है, बड़ी तकलीफ होती है
शहीद अशफाक की तुर्बत है, और धूपों का साया है॥

ये शब्द उनकी अंतरात्मा की गहराइयों से निकले थे, जो भावुक और संवेदनशील दिल को छूते हैं। अशफाक साहस, पौरुष और वतनपरस्त तथा प्रतिभाशाली व्यक्ति थे। उन्होंने अंग्रेजों के जुल्म और अत्याचारों से पीड़ित हिंदुस्तान की अवाम को मुक्त करने के लिए अपनी जिंदगी न्योछावर कर दी और फाँसी के फंदे पर प्राणों को सहर्ष त्याग दिया। ऐसे सपूत की कुरबानी का यहाँ की सरकार ने क्या सिला दिया ? काश! गायिका लता के द्वारा गाए गीत से सरकार का दिल पिघल जाता—

ऐ मेरे वतन के लोगों जरा आँख में भर लो पानी,
जो शहीद हुए हैं उनकी, जरा याद करो कुरबानी।

□

अध्याय-6

देशभक्त अशफाकउल्ला

देशप्रेम वह पुण्य क्षेत्र है,
अमल असीम त्याग से विलसित।
मातृभूमि की बलि वेदी पर,
मनुष्यता होती है विकसित॥

—रामनरेश त्रिपाठी

अशफाकउल्ला के युवा शरीर में देश-प्रेम का लहू तैरता था। देश की आजादी के लिए उन्होंने जीवन की सुख-सुविधाएँ, घर-परिवार सबकुछ त्याग दिया था। उनके दिल में इनसानियत पूरी तरह से विकसित हो गई थी। वे जाति, धर्म और संप्रदाय से दूर देश की भलाई और इनसानियत के लिए कार्य करते रहे। वे मंदिर, मसजिद, गुरुद्वारा और गिरजाघर को महत्त्व न देकर अपने वतन की आजादी को महत्त्व देते थे।

यहाँ हम यह बताना जरूरी समझते हैं कि मानव जाति का इतिहास अन्याय, अत्याचार और गुलामी का इतिहास है। अत्याचार और पाखंड के ये दो गिद्ध इनसान की आजादी को सदियों से नोचते रहे हैं। इनसान अज्ञान के अँधेरे में तेली के बैल की तरह गुलामी का कोल्हू खींचता रहा। उसे कभी आजादी के उजाले का अहसास नहीं हुआ। हमारे देश के रजवाड़े, जमींदार और अंग्रेजों के अन्य गुमाश्ते गुलामी को ही जिंदगी की नियामत समझते थे और महरूम थे आजादी की रोशनी से। यहाँ के लोगों को अंग्रेजों के अत्याचारों और अपनी विपत्तियों से प्यार हो गया था और वे अपने संकटों

और कष्टों को अपनी स्वाभाविक स्थिति समझते थे।

किंतु आजादी के दीवानों ने अलख जगाई। अशफाकउल्ला ऐसे देशभक्त थे, जिन्होंने अन्य क्रांतिकारियों के साथ आजादी का बिगुल बजाया। वे जाति के मुसलमान थे, इसलाम उनका मजहब था, पर उन्होंने अपने जीवन में मुसलमानियत और इसलाम को कभी महत्त्व नहीं दिया। उन्होंने हमेशा महत्त्व दिया देश की स्वतंत्रता को। उनका विश्वास था कि वतन के लोग कब तक नहीं जागेंगे, अवश्य जागेंगे।

तनहाई-ए-गुरबत से मायूस न हो हसरत,
कब तक न खबर लेंगे याराने-वतन तेरी।

स्वतंत्रता की राह में उन्हें सांप्रदायिकता बर्दाश्त नहीं थी। वे अच्छी तरह समझते थे कि 'मजहब नहीं सिखाता आपस में बैर रखना।' मजहब और जाति के नाम पर सी.आई.डी. के पुलिस कप्तान खान बहादुर तसद्दुक हुसैन ने उन्हें समझाते हुए कहा था—"देखो, अशफाक भाई! तुम भी मुसलिम और अल्लाह के फजल से मैं भी एक मुसलिम हूँ। इस वास्ते तुम्हें आगाह कर रहा हूँ। ये रामप्रसाद 'बिस्मिल' वगैरह सारे हिंदू हैं। ये यहाँ हिंदू सल्तनत कायम करना चाहते हैं। क्या तुम इन काफिरों के राज्य में रहना पसंद करोगे?"

वे जाति के मुसलमान थे, इसलाम उनका मजहब था, पर उन्होंने अपने जीवन में मुसलमानियत और इसलाम को कभी महत्त्व नहीं दिया। उन्होंने हमेशा महत्त्व दिया देश की स्वतंत्रता को। उनका विश्वास था कि वतन के लोग कब तक नहीं जागेंगे, अवश्य जागेंगे।

यह सुनकर अशफाक का क्रोध भड़क उठा और वे बोले, "मेरे सामने ऐसी नापाक जबान मत निकालो। मेरी कोठरी से चले जाओ। नहीं तो तुम्हें जान से मार दूँगा। रामप्रसाद मेरा भाई है। मैं अंग्रेजों के राज्य में रहने की अपेक्षा हिंदुओं के राज्य में रहना अधिक पसंद करता हूँ।" कप्तान साहब अपना-सा मुँह लेकर चले गए।

अशफाक सच्चे मुसलमान थे। बात के धनी पठान। वे सच्चे देशभक्त

थे। जैसा अंग्रेज कवि मिल्टन ने कहा है—"श्रेष्ठ जीवन जीने की आशा में रत रहनेवाले बहादुर व्यक्ति और देशभक्त ईश्वर को प्रिय होते हैं। उन्हें सदियों तक याद किया जाता है।"

अशफाक ऐसे ही बहादुर देशभक्त थे, जिन्हें सदियों तक याद किया जाएगा और संवेदनशील व्यक्ति उनकी शहादत के नगमे गाएँगे। परम देशभक्त अशफाक कहा करते थे—"हिंदुस्तान की जमीन में पैदा हुआ हूँ। हिंदुस्तान ही मेरा घर है। हिंदुस्तान ही मेरा धर्म और ईमान है। मैं हिंदुस्तान के लिए मर-मिटूँगा, मैं हिंदुस्तान की मिट्टी में मिलकर गर्व का अनुभव करूँगा।"

"हिंदुस्तान की जमीन में पैदा हुआ हूँ। हिंदुस्तान ही मेरा घर है। हिंदुस्तान ही मेरा धर्म और ईमान है। मैं हिंदुस्तान के लिए मर-मिटूँगा, मैं हिंदुस्तान की मिट्टी में मिलकर गर्व का अनुभव करूँगा।" हिंदुस्तान की मिट्टी में मिलकर गर्व का अनुभव करनेवाले ऐसे पुण्यात्मा को भुला देना हमारे लिए लज्जा की बात है।

हिंदुस्तान की मिट्टी में मिलकर गर्व का अनुभव करनेवाले ऐसे पुण्यात्मा को भुला देना हमारे लिए लज्जा की बात है। काश! देश के नेता इससे नसीहत लेते तो विदेशों में देश का धन जमा नहीं करते। यदि ये ईमानदारी से काम करते, तो देश की जनता को गरीबी की यातना नहीं भुगतनी पड़ती।

यों तो अशफाक का जन्म रईस घराने में हुआ था, लेकिन वे बड़े उदार और रहमदिल थे। किसी के मुख से दीनताभरी वाणी सुनकर शीघ्र द्रवित हो जाया करते थे। पड़ोस के गाँवों में जनता को फटेहाल देखकर बहुत दुःखी होते थे। अर्धनग्न माँ-बहनों और उनके नंगे बच्चों को देख उनकी आँखें नम हो जाती थीं। वे एकांत में बैठकर घंटों सोचा करते थे कि मेरा देश इतना गरीब क्यों है ? क्यों है इतना गरीब ? काश ! इस देश की गरीबी दूर करने में मैं कुछ काम आ सकता। यह उनकी अंतरात्मा की गहराइयों से निकली दर्द भरी आवाज है, जिसमें देशप्रेम और देशभक्ति की भावना प्रतिबिंबित है।

रामप्रसाद 'बिस्मिल' ने अशफाक को बचपन से ही देशभक्ति के साँचे में ढाल दिया था, क्योंकि वे स्वयं भी देशभक्त थे। अशफाक और बिस्मिल

का जन्म भी तो शाहजहाँपुर में हुआ था। दोनों साथ-साथ खेलते थे। दोनों अत्यंत घनिष्ठ मित्र थे। मित्र, सो भी साधारण नहीं, सच्चे मित्र, एक-दूसरे को प्राणों से ज्यादा चाहते थे। यह उनका आत्मिक प्रेम था। उनका उठना-बैठना, खाना-पीना और सैर-सपाटे करना, सबकुछ साथ-ही-साथ चलता था। खन्नोत नदी में नहाना, तैरना और डुबकी लगाना उनका नित्य कर्म था। दोनों क्रिकेट के मैदान में मित्रों के साथ क्रिकेट खेलते और फुटबॉल के खेल में भागदौड़ करते थे। उनके शरीर में गजब की फुर्ती और स्फूर्ति थी। घोड़े की सवारी करते और बंदूक से निशाना साधते। कभी-कभी शिकार खेलने जाते। दोनों सगे भाई की तरह रहते थे। एक बार नवाब साहब के निकट से एक गोरा अंग्रेज सोलह साल की युवती को खींचकर ले जा रहा था। वह चीख रही थी, पर किसी को बचाने की हिम्मत नहीं हुई। अशफाक और रामप्रसाद 'बिस्मिल' ने उसे बचाया। मारपीट भी हुई। उसी समय दोनों के दिलों में अंग्रेजों के प्रति नफरत हो गई। उन्होंने अंग्रेजों को देश से निकालने की प्रतिज्ञा की। उनके किशोर हृदय में देशप्रेम की भावना करवट लेने लगी।

अशफाक और रामप्रसाद 'बिस्मिल' में इतना प्रेम था कि उसे भुलाना बड़ा कठिन था। दोनों के भोले प्राण ऐसे घुल-मिल गए थे, जैसे क्षीर में नीर! दोनों के शरीर तो अलग थे, किंतु आत्मा एक थी। एक बार की घटना है—अशफाक ज्वर से पीड़ित थे। ज्वर की गरमी से बड़बड़ाने लगे थे, "राम, मेरे प्यारे राम।"

अशफाक और रामप्रसाद 'बिस्मिल' में इतना प्रेम था कि उसे भुलाना बड़ा कठिन था। दोनों के भोले प्राण ऐसे घुल-मिल गए थे, जैसे क्षीर में नीर! दोनों के शरीर तो अलग थे, किंतु आत्मा एक थी। एक बार की घटना है—अशफाक ज्वर से पीड़ित थे

अशफाक के माता-पिता व्याकुल हो उठे और घबराकर यह सोचने लगे कि अशफाक हिंदुओं के राम का नाम ले रहा है। अवश्य ही इस पर किसी प्रेत की छाया है। उन्होंने परामर्श के लिए अपने पड़ोसी को बुलाया। उनके पड़ोसी केशव ने यह सुनकर कहा कि घबराने की कोई जरूरत नहीं है।

अशफाक और रामप्रसाद में घनिष्ठ मित्रता है। अशफाक ज्वर में भी अपने मित्र रामप्रसाद को ही 'राम-राम' कहकर याद कर रहा है। रामप्रसाद को बुलाइए, इसका बड़बड़ाना बंद हो जाएगा।

रामप्रसाद ने अशफाक की चारपाई पर बैठकर प्रेम भरी आवाज में पुकारा तो अशफाक ने आँखें खोल दीं। उनका बड़बड़ाना दूर हो गया और वे रामप्रसाद के गले से लिपटकर फूट-फूटकर रोने लगे। उनकी इस गहरी प्रीति को देखकर लोग हैरत में पड़ गए।

रामप्रसाद ने अशफाक की चारपाई पर बैठकर प्रेम भरी आवाज में पुकारा तो अशफाक ने आँखें खोल दीं। उनका बड़बड़ाना दूर हो गया और वे रामप्रसाद के गले से लिपटकर फूट-फूटकर रोने लगे। उनकी इस गहरी प्रीति को देखकर लोग हैरत में पड़ गए।

नवाब साहब के बाग में एक पेड़ की शीतल छाया में दोनों बैठकर आजादी के सपने देखते थे—"आजादी के कारण पेड़ सुगंधित हवा के झोंकों का आनंद लेते हैं, पक्षी आजादी की हवा में विहार कर रहे हैं। ये फूल आजादी के वातावरण में अपनी महक फैला रहे हैं। उनकी आँखों के सामने प्रभात की सुंदरता की रोशनी फैल रही है। प्रकृति की सभी चीजें आजाद हैं।"

दोनों एकांत में बैठे आजादी के सपने बुन रहे थे। रामप्रसाद ने मौन भंग करते हुए कहा, "देखा अशफाक! प्रकृति आजादी में मुसकरा रही है। लेकिन हम आजादी की खुशी से वंचित हैं। अंग्रेजों के जुल्मों को सह रहे हैं। वंदिनी भारतमाता कराह रही है, हमें आजाद कराना।" इस प्रकार रामप्रसाद ने अशफाक की नस-नस में आजादी का रक्त प्रवाहित कर दिया था। और उनके जीवन को देशभक्ति के साँचे में ढाल दिया। फिर क्या था, जवान होते ही दोनों देशभक्ति के मार्ग पर चलने लगे, डाके डालने लगे और अस्त्र-शस्त्र का भी संग्रह करने लगे। यहाँ तक कि हथियारों के लिए घर से रुपए भी उड़ाने लगे, क्योंकि उन्हें वतन को आजाद जो कराना था।

अशफाक देश की आजादी के लिए काम करने के साथ-साथ हिंदू-मुसलिम एकता के लिए भी कार्य करते थे। वे स्वतंत्रता के लिए एकता को

आवश्यक मानते थे। वे उन हिंदुओं और मुसलमानों से घृणा करते थे, जो एकता की कड़ी को कमजोर करते थे। अंग्रेजों के खुफिया एजेंट प्रत्येक शहर में फैले थे, जो मजहब के नाम पर अज्ञान जनता को भड़काकर सांप्रदायिक दंगे कराते थे। उन्होंने बिरादराने-वतन को जुमेरात 'गुरुवार' 15 दिसंबर, 1927 की शाम फैजाबाद की जेल की काल कोठरी से अपना आखिरी पैगाम हिंदुस्तान की अवाम के नाम उर्दू भाषा में लिखकर भेजा था। उनका मकसद था कि मुसलिम समुदाय के लोग इस पर खास तवज्जो अता करें—"गवर्नमेंट के खुफिया एजेंट मजहबी बुनियाद पर प्रोपेगेंडा फैला रहे हैं। इन लोगों का मकसद मजहब की हिफाजत या तरक्की नहीं है, बल्कि चलती गाड़ी में रोड़े अटकाना है।"

एक बार शाहजहाँपुर में सांप्रदायिक दंगा भड़क उठा। दंगे के दिनों में ही एक दिन अशफाक रामप्रसाद के साथ आर्य समाज मंदिर में बैठे थे। उधर से मुसलमानों का एक जुलूस निकला, जो बड़ा उत्तेजित था। मुसलमान मंदिर के सामने खड़े हो गए और उसे तोड़ने के लिए आगे बढ़े। तभी अशफाक हाथ में पिस्तौल लेकर तानकर खड़े हो गए। उन्होंने सिंह की तरह गरजते हुए कहा, "खबरदार, यदि किसी ने मंदिर को तोड़ने का प्रयास किया, तो मैं एक-एक को गोली से भून दूँगा।"

अशफाक की यह सिंह गर्जना सुनकर सभी मुसलमान भयभीत होकर और मंदिर तोड़ने का इरादा छोड़कर उलटे पाँव लौट गए। यह उनकी हिंदू-मुसलिम एकता की बेजोड़ मिसाल है। वे देश की एकता और अखंडता में विश्वास करते थे।

□

अध्याय-7

साम्राज्यवाद का अन्याय

जो अन्याय करता है, वह बड़ा दुष्ट होता है। वह सदैव अन्याय और अत्याचार ही करता रहता है।

—प्लेटो

अंग्रेज बड़े दुष्ट और अत्याचारी थे। उनकी नस-नस में अन्याय का खून तैर रहा था। उन्होंने कानून के नाम पर देश के अमर सेनानियों को फाँसी की सजा दी। उनकी पाक रूहों को अपने तंग विधानों से सताया और उनकी रूहों और जिस्मों के लिए एक ही साँचे में ढला हुआ कानून बनाया—फाँसी! केवल फाँसी! उन्हें जेल की तंग कोठरियों के कैदखाने में बंद रखा गया और तरह-तरह की यातनाएँ दी गईं।

अशफाकउल्ला को खुफिया पुलिस के उप-कप्तान इकरामुल हक ने गिरफ्तार कर लिया। ऐसा कहा जाता है कि उनके दोस्त ने ही उन्हें पकड़वाने में मदद की थी। यों कप्तान और उनका दोस्त देशद्रोही थे। यह एक ऐतिहासिक सत्य है कि काकोरी कांड का फैसला 6 अप्रैल, 1926 को हो चुका था, लेकिन अशफाकउल्ला खान और शचींद्रनाथ बख्शी को पुलिस बहुत समय बाद गिरफ्तार कर सकी थी। इसलिए स्पेशल सेशन जज जे.आर. डब्ल्यू. बैनेट की अदालत में 7 दिसंबर, 1926 को एक पूरक अभियोग दायर किया। इस मुकदमे के मजिस्ट्रेट ऐनुद्दीन ने हार्दिक सहानुभूति से समझाया कि वे किसी मुसलिम वकील को अपने केस की पैरवी के लिए नियुक्त करें, किंतु अशफाक ने कृपाशंकर हजेला को अपना वकील चुना। एक दिन आंतरिक

प्रेम से द्रवित होकर सी.आई.डी. के पुलिस कप्तान खान बहादुर तसद्दुक हुसैन जेल में जाकर अशफाक से मिले और एकांत में ले जाकर अशफाक को समझाया कि अशफाक भाई, फाँसी से बचने के लिए मुझे अपना गवाह बना लो और रामप्रसाद 'बिस्मिल' वगैरह सारे काफिर हिंदुओं को छोड़ दो। इनके साथ रहकर अपनी जिंदगी जाया क्यों कर रहे हो? मान जाओ, मियाँ! फायदे में रहोगे। हिंदू तो हिंदू सल्तनत कायम करना चाहते हैं।

यह सुनकर अशफाक क्रोधित होकर बोले, "खबरदार! जुबान सँभालकर बोलो। तुम्हारे इस अंग्रेजी राज्य से हिंदू राज्य बेहतर होगा। अभी यहाँ से चले जाओ। नहीं तो मौत के घाट उतार दूँगा।" यह सुनकर बेचारे कप्तान साहब अपना सा मुँह लेकर चले गए। आखिर 13 जुलाई, 1927 के फैसले में अशफाक को उम्रकैद और फाँसी की सजा दी गई।

इस फैसले में स्पष्ट लिखा था कि अभियुक्तों ने अपने व्यक्तिगत लाभ के लिए यह षड्यंत्र नहीं किया, किंतु फिर भी ये लोग यदि अपने किए पर पश्चात्ताप करें तो सजा कम की जा सकती है। वकील की सलाह पर अशफाक लखनऊ जेल में रामप्रसाद 'बिस्मिल' से मिले और उनका मत जानना चाहा। इस पर बिस्मिल ने उन्हें समझाते हुए कहा, "अशफाक भाई! जिस प्रकार शतरंज के खेल में हारी हुई बाजी जीतने के लिए अपने एक-दो मोहरें पिटवानी पड़ती हैं, ठीक उसी प्रकार हम लोग भी माफीनामा दायर कर अपनी मौत की सजा रोक सकें तो अच्छा रहेगा। और सात साल में उम्रकैद पूरी हो जाने पर हम इससे भी भयंकर कांड कर सकते हैं।"

वकील की सलाह पर अशफाक लखनऊ जेल में रामप्रसाद 'बिस्मिल' से मिले और उनका मत जानना चाहा। इस पर बिस्मिल ने उन्हें समझाते हुए कहा, "अशफाक भाई! जिस प्रकार शतरंज के खेल में हारी हुई बाजी जीतने के लिए अपने एक-दो मोहरें पिटवाने पड़ते हैं, ठीक उसी प्रकार हम लोग भी माफीनामा दायर कर अपनी मौत की सजा रोक सके तो अच्छा रहेगा।

बिस्मिल ने अपनी आत्मकथा में लिखा है—"श्री अशफाकउल्ला खान तो अंग्रेजी सरकार से दया-प्रार्थना करने पर राजी नहीं थे। उनका तो अटल विश्वास था कि खुदाबंद करीम के अलावा किसी दूसरे से दया-प्रार्थना न करनी चाहिए।" वैसे तो उनकी अंतरात्मा हमेशा यही पुकार रही थी—

मौत को जब एक बार आना है तो डरना क्या है,
हम सदा खेल ही समझा किए, मरना क्या है।
वतन हमेशा रहे शादकाम और आजाद,
हमारा क्या है, अगर हम रहें, रहें न रहें॥

अशफाकउल्ला खान तो अंग्रेजी सरकार से दया-प्रार्थना करने पर राजी नहीं थे। उनका तो अटल विश्वास था कि खुदाबंद करीम के अलावा किसी दूसरे से दया-प्रार्थना न करनी चाहिए।

बिस्मिल ने यह स्वीकारा है कि मेरे विशेष आग्रह पर ही उन्होंने सरकार से दया-प्रार्थना की। इसके लिए उन्होंने अपने को दोषी ठहराया और अपनी भूल स्वीकार की।

आखिर बिस्मिल की सलाह पर उन्होंने उनके साथ ही माफीनामा दायर किया। अशफाक ने पहला माफीनामा 11 अगस्त और दूसरा माफीनामा 29 अगस्त, 1927 को लिखकर भेजा। इतना ही नहीं, वकील के परामर्श पर एक और मर्सी अपील अशफाक की माँ मुसम्मात मजहरुन्निसा बेगम की तरफ से वायसराय तथा गवर्नर जनरल को भेजी गई, किंतु उस पर कोई विचार नहीं हुआ। अन्यायी सरकार का दिल नहीं पसीजा।

अशफाक और उनकी माँ के बाद विधानसभा के सदस्यों ने संयुक्त रूप से हस्ताक्षर करके संयुक्त प्रांत के गवर्नर विलियम मौरिस को एक मेमोरैंडम नैनीताल भेजा। उसके साथ ही पं. गोविंद बल्लभ पंत और सी.वाई. चिंतामणि ने भी एक प्रार्थना पत्र भेजा, लेकिन सब व्यर्थ रहा।

22 सितंबर, 1927 को होम सेक्रेटरी एच.डब्ल्यू. हेग ने अपनी फाइनल रिपोर्ट में स्पष्ट रूप से लिखा—"इन लोगों का उद्देश्य एक स्थापित सरकार को उलटना था। यह चूँकि पूरी तरह सिद्ध हो चुका है, अतः इस मामले में

फाँसी ही दी जा सकती है। बंगाल षड्यंत्र में, जिनकी एक शाखा थी, अब तक ऐसी कोई तथ्यात्मक पुष्टि नहीं हुई है। अतः वहाँ के लोगों को फाँसी की सजा से मुक्त रखा गया। मुझे इसका पूरा विश्वास है कि यदि उन्हें फाँसी की सजा न देकर जिंदा छोड़ दिया गया तो वे बंगाल तो क्या, पूरे हिंदुस्तान में फैल जाएँगे।"

मालवीयजी और मोहनलाल सक्सेना आदि वकीलों ने लंदन की प्रिवी काउंसिल में मर्सी की अपील दायर की, किंतु अंग्रेजी जालिम सरकार ने एक न सुनी। इतना हुआ कि फाँसी की तारीखें अवश्य टाल दी गईं। लेकिन इससे क्या होता? सरकार ने 19 दिसंबर, 1927 को अपनी माँ मोहतरमा मजहरुन्निसा बेगम तथा 16 दिसंबर को अपनी मुँहबोली बहन नलिनी दीदी को लिखे उनके पत्र प्रस्तुत करते हैं—

तुम्हारी आँखों से आँसुओं के मोती बरसते देख मुझे बहुत दुःख हुआ। तुम्हारा भाई वतन की आजादी के लिए जिंदगी कुरबान कर रहा है, रोने की जरूरत नहीं है। जिंदगी खुदा की अमानत है, उसकी मर्जी है, वह जब चाहे वापस ले सकता है। मौत तो जिंदगी की सच्चाई है। कोई आँसू न बहाए।

प्रिय दीदी!

तुम्हारी आँखों से आँसुओं के मोती बरसते देख मुझे बहुत दुःख हुआ। तुम्हारा भाई वतन की आजादी के लिए जिंदगी कुरबान कर रहा है, रोने की जरूरत नहीं है। जिंदगी खुदा की अमानत है, उसकी मर्जी है, वह जब चाहे वापस ले सकता है। मौत तो जिंदगी की सच्चाई है। कोई आँसू न बहाए। उस खुदा से दुआ माँगो कि वतन आजाद हो। सब लोग सेहत का खयाल रखना। भीगी पलकों से भैया का आखिरी सलाम।

15 दिसंबर, 1927 की जुमेरात की शाम को फैजाबाद की जेल की काल कोठरी से अशफाकउल्ला खान ने अपना आखिरी पैगाम हिंदुस्तान के अवाम के नाम भेजा था।

अशफाक ने लिखा—"मेरे पास वक्त नहीं है। और न मौका है कि सब कच्चा-चिट्ठा खोलकर रख देता, जो मुझे फरारी में और उसके बाद

मालूम हुआ। यहाँ तक मुझे मालूम हुआ है कि मौलवी नियामतुल्ला का दियानी कौन था, जो काबुल में संगसार किया गया। वह ब्रिटिश एजेंट था, जिसके पास हमारे भाग्यविधाता खान बहादुर तसद्दुक हुसैन साहब डिप्टी सुपरिटेंडेंट सी.आई.डी. गवर्नमेंट इंडिया का पैगाम लेकर गए थे। लेकिन काबुल की सरकार ने जल्द इलाज कर दिया और मर्ज को वहाँ फैलाने न दिया।"

इसके बाद अशफाक ने अहमदाबाद कांग्रेस में हिंदू-मुसलिम एकता पर प्रकाश डाला। गुलामी की गर्दिश से निकलने के लिए नायाब नसीहत दी और चंद अंग्रेजी पंक्तियों के साथ रुखसत होने की गुजारिश की। यहाँ उनका अनुवाद प्रस्तुत है—"इस धरती पर हर इनसान की मौत होनी है देर-सवेर में। लेकिन भयंकर परिस्थितियों का मुकाबला करने की अपेक्षा कैसे अच्छी तरह मर सकता है, क्योंकि उसके लिए पुरखों की खाक और देवताओं के मंदिर हैं।"

> *इस धरती पर हर इनसान की मौत होनी है देर-सवेर में। लेकिन भयंकर परिस्थितियों का मुकाबला करने की अपेक्षा कैसे अच्छी तरह मर सकता है, क्योंकि उसके लिए पुरखों की खाक और देवताओं के मंदिर हैं।*

आगे अशफाक ने पैगाम देते हुए अपनी रूह की आवाज में कहा—"मेरे भाइयो! मेरा सलाम लो इस नामुकम्मल अर्थात् अधूरे काम को, जो हमसे रह गया है, पूरा करना। तुम्हारे लिए हमने उत्तर प्रदेश का मैदान-ए-अम्ल तैयार कर दिया है। अब तुम जानो और तुम्हारा काम जाने। मैं चंद पंक्तियों के साथ विदा लेता हूँ—

कुछ आरजू नहीं है, है आरजू तो यह,
रखदे कोई जरासी खाके वतन कफन में।
ऐ फख्तकार उल्फत हुशियार डिग न जाना,
मराज आशकां है, इस दार और रसन में।
मौत और जिंदगी है, दुनिया का सब तमाशा,
फरमान कृष्ण का था अर्जुन को बीच रन में।

अफसोस क्यों नहीं है, वह रूह वतन में,
जिसने हिला दिया था दुनिया को एक पल में।

ब्रिटिश साम्राज्यवाद का हिंदुस्तान में भयंकर आतंक था। गिरफ्तार किए गए लोगों पर अत्याचार और अन्याय किया जाता था, जिसे देख फरिश्तों की रूह भी काँप जाती थी। गिरफ्तार किए गए लोगों को बेरहमी से पीटा जाता था। कोतवाली में खाना नहीं दिया जाता था। कैदी यदि उत्तर नहीं दे पाता था, उसे उलटा लटका दिया जाता था। अति खतरनाक बंदियों को और अधिक यातना दी जाती थी। अत्याचार और अन्याय करना साम्राज्यवाद का भयंकर तांडव था। तभी तो अशफाक के कंठ से यह स्वर फूटा था—

खामोश 'हसरत', खामोश 'हसरत'
अगर है जज्बा वतन का दिल में।
सजा को पहुँचेंगे अपनी बेशक,
जो आज हमको सता रहे हैं॥

□

अध्याय-8

अशफाक को फाँसी

दुनिया ने शहीदों के साथ जो नीचता, दुष्टता और निर्दयता का व्यवहार किया है, उसे किसी भाषा में व्यक्त नहीं किया जा सकता पूरी तरह से। इस प्रकार का निर्दयता का व्यवहार बौद्धिक इतिहास को दुःखी कर देता है।

—ई.पी. मिपिल

निरपराध अशफाक को फाँसी की सजा देकर ब्रिटिश साम्राज्यवाद ने अपनी नीचता, दुष्टता और निदर्यता का परिचय दिया, जिससे सारा इतिहास द्रवित हो उठा। हत्या का मिथ्या आरोप लगाकर फाँसी की सजा दी गई। यह सत्यता प्रकट करते हुए उन्होंने जनता को संबोधित करते हुए कहा—"मेरे हाथ इनसानी खून से कभी नहीं रँगे, मेरे ऊपर जो इल्जाम लगाया, वह गलत है, खुदा के यहाँ मेरा इनसाफ होगा।"

अशफाक की आखिरी रात को उनकी आत्मा की गहराइयों से निकलती भावनाएँ न जाने कैसी होंगी। शाहजहाँपुर के कवि स्वर्गीय अग्निवेश शुक्ल ने यह भावपूर्ण कविता लिखी थी, जिसमें उन्होंने फैजाबाद जेल की काल-कोठरी में फाँसी से पूर्व अपनी जिंदगी की आखिरी रात गुजारते हुए अशफाक के दिलो-दिमाग में उठ रहे खयालों और जज्बात के तूफानों को हिंदी शब्दों का खूबसूरत जामा पहनाया है। विकीपीडिया से लेकर उनकी कविता के अंश प्रस्तुत किए जा रहे हैं—

जाऊँगा खाली हाथ, मगर यह दर्द साथ ही जाएगा,

न जाने किस दिन हिंदोस्तान आजाद वतन कहलाएगा।
बिस्मिल हिंदू हैं कहते हैं, फिर आऊँगा, फिर आऊँगा,
ले नया जन्म ऐ भारत माँ! तुझको आजाद कराऊँगा,
जी करता है, मैं भी कह दूँ, पर मजहब से बँध जाता हूँ।
मैं मुसलमान हूँ, पुनर्जन्म की बात नहीं कह पाता हूँ,
हाँ, खुदा अगर मिल गया कहीं, तो अपनी झोली फैला दूँगा।
और जन्नत के बदले उससे एक नया जन्म ही माँगूँगा॥"

कविवर अग्निवेश ने अशफाक के रूहानी जज्बात का इजहार किया है। उन्होंने एक मनोवैज्ञानिक तथ्य का उद्‌घाटन किया है। लेखक कोल्टन के अनुसार—"शहीद मरकर यह प्रमाणित करता है कि न तो वह बदमाश होता है और न मूर्ख। उसे व्यर्थ के सिद्धांतों से कोई मतलब नहीं होता है, वह तो आंतरिक विश्वास को प्रकट करता है। अशफाक न तो बदमाश थे और न मूर्ख। उन्होंने तो हिंदुस्तान को अंग्रेजों की गुलामी से मुक्त करने की आस्था प्रकट की। वह तो बुद्धिमान, निर्मल, शुद्ध और पवित्र थे। हम निश्चित रूप से कह सकते हैं, वे ऐसे थे—"दामन निचोड़ दे तो फरिश्ते वुजू करें।"

शहीद मरकर यह प्रमाणित करता है कि न तो वह बदमाश होता है और न मूर्ख। उसे व्यर्थ के सिद्धांतों से कोई मतलब नहीं होता है, वे तो आंतरिक विश्वास को प्रकट करता है। अशफाक न तो बदमाश थे और न मूर्ख। उन्होंने तो हिंदुस्तान को अंग्रेजों की गुलामी से मुक्त करने की आस्था प्रकट की।

19 दिसंबर, 1927, सोमवार का दिन। अशफाक की जिंदगी का आखिरी दिन, कातिल अंग्रेजों के अन्याय का दिन। अशफाक हमेशा की तरह सुबह उठे। शौच आदि नित्य क्रियाओं से निवृत्त होकर स्नान किया। तन-मन और आत्मा से पवित्र होकर कुछ देर वज्रासन पर बैठकर खुदा की इबादत से लबरेज कुरान की आयतों को दोहराया। पाक कुरान को आँख बंद करके उसे आँखों से चूमा। सिजदा किया। फिर अपने आप राहे फना पर चलकर

फाँसी के तख्ते पर खड़े हो गए और कहा— "मेरे ये हाथ इनसानी खून से नहीं रँगे, खुदा के यहाँ मेरा इनसाफ होगा।" चारों ओर पुलिस और फौज तैनात थी। अशफाक ने अपने आप ही गले में फंदा डाल लिया, जल्लाद ने झटका दिया। खुदा का नाम लेते हुए पास में खड़े फरिश्ते के साथ दुनिया से कूच कर गए। दार्शनिक रूसो ने कहा था—"सुकरात दार्शनिक की तरह मरे और पैगंबर ईसा ईश्वर की तरह मरे।" मैं कहता हूँ कि अशफाक इनसान की मौत मरे। इनसानियत उनका मजहब था। वे इनसानियत की राह के मील के पत्थर थे। पुण्यात्मा देशभक्त, हिंदू-मुसलिम एकता के प्रतीक। मरने से पहले यह बताया था—

तंग आकर हम भी उनके जुल्म बेदाद से,
चल दिए सूए अदम जिंदाने फैजाबाद से।

अशफाक की लाश उनके परिवारजन और रिश्तेदार फैजाबाद से शाहजहाँपुर ले जाना चाहते थे। इसके लिए उन्होंने आरजू-मिन्नत कीं, तब कहीं इजाजत दी गई। शाहजहाँपुर ले जाते समय जब उनकी लाश लखनऊ स्टेशन पर उतारी गई, तब लोगों को दर्शन करने का मौका मिला। 10 घंटे बाद भी उनके चेहरे पर शांति और मधुरता थी। बस उनकी बड़ी-बड़ी खुली आँखों के नीचे कुछ पीलापन था। बाकी चेहरा सजीव या ऐसा ज्ञात होता था, मानो अभी-अभी सोए हैं। यह नींद तो अनंत थी। इसी नींद को शेक्सपियर ने अंतिम आराम देनेवाली नर्स कहा और रिचर ने कब्र का छोटा सा कमरा बताया है। श्री गणेश शंकर विद्यार्थी कानपुर से लखनऊ स्टेशन आए और उन्होंने नम आँखों से अशफाक के शव पर श्रद्धा-सुमन चढ़ाए और परिवार के लोगों को हिदायत दे गए कि

शाहजहाँपुर ले जाते समय जब उनकी लाश लखनऊ स्टेशन पर उतारी गई, तब लोगों को दर्शन करने का मौका मिला। 10 घंटे बाद भी उनके चेहरे पर शांति और मधुरता थी। बस उनकी बड़ी-बड़ी खुली आँखों के नीचे कुछ पीलापन था। बाकी चेहरा सजीव या ऐसा ज्ञात होता था, मानो अभी-अभी सोए हैं।

इनकी कब्र पर पक्का मकबरा बनवा देना। पैसे की जरूरत पड़े तो मुझे खत लिख देना। मैं कानपुर से मनीऑर्डर भेज दूँगा।

अशफाक की लाश को उनके मकान के सामनेवाले बगीचे में दफना दिया गया। इसी बगीचे में बैठकर वे वृक्षों पर हवा में नाचती हरी-हरी पत्तियों, मुसकान की सुगंध बिखेरते फूलों और अपने मासूम शावकों के साथ चहचहाती चिड़ियों को देखते थे। आज बगीचे की माटी में कयामत के दिन तक सो गए। राम जाने कि उनकी पाक रूह पंख लगाकर कहाँ उड़ गई! अशफाक की मजार पर संगमरमर के पत्थर पर उनकी ही कही गई ये पंक्तियाँ लिखवा दी गईं, जिनमें उनकी रूह की आवाज गूँजती है—

जिंदगी बादे फना तुफ की मिलेगी हसरत,
तेरा जीना तेरे मरने की बदौलत होगा।

अशफाक यह पहले से जानते थे और उन्हें विश्वास था कि—

बहुत ही जल्द टूटेंगी गुलामी की ये जंजीरें,
किसी दिन देखना आजाद ये हिंदोस्ताँ होगा।

उनकी यह भविष्यवाणी सार्थक हुई। ठीक उनकी शहादत के बीस वर्ष बाद अंग्रेज काला मुँह कर यहाँ से चले गए और 15 अगस्त, 1947 को हिंदुस्तान आजाद हो गया। यह भी समझकर कह गए थे कि उनकी शहादत के बाद हिंदुस्तान में लिबरल पार्टी की सरकार होगी और कांग्रेस पावर में आएगी और उन जैसे आम तबके के बलिदानियों की कोई चर्चा नहीं होगी। केवल शासकों के स्मृतिलेख और कसीदे सुरक्षित रखे जाएँगे। तभी तो वे ये पंक्तियाँ

15 अगस्त, 1947 को हिंदुस्तान आजाद हो गया। यह भी समझकर कह गए थे कि उनकी शहादत के बाद हिंदुस्तान में लिबरल पार्टी की सरकार होगी और कांग्रेस पावर में आएगी और उन जैसे आम तबके के बलिदानियों की कोई चर्चा नहीं होगी। केवल शासकों के स्मृतिलेख और कसीदे सुरक्षित रखे जाएँगे।

लिखकर वर्तमान हालात की भविष्यवाणी बहुत पहले सन् 1927 में ही कर चुके थे—

जुबाने हाल से अशफाक की तुर्बत यह कहती है,
मुहिब्बाने वतन ने क्यों हमें दिल से भुलाया है?
बहुत अफसोस होता है बड़ी तकलीफ होती है
शहीद अशफाक की तुर्बत है और धूपों का साया है॥

निश्चित रूप से अफसोस होता है कि इस देश की कृतघ्न सरकार ने अमर बलिदानी शहीदों और सपूतों को भुला दिया है। अशफाक के राज्य में तो जिन्हें आज तक कोई नहीं जानता, उनकी मूर्तियाँ और बड़े-बड़े पार्क बनवाए गए हैं।

देश के नेताओं में देशभक्ति नहीं है, वे भ्रष्टाचार में रत हैं तथा सांसद और विधायक निधि पानेवाले नए मनसबदार जनता का धन लूटकर विदेशी बैंकों में जमा कर रहे हैं। आज देश का वही हाल है, जिसका अशफाक ने वर्णन किया है—

आज भी आजादी के बाद देश में वही तबाही का आलम है। अरबों का आँकड़ा छूनेवाली हमारे देश की आबादी, लाखों परिवार गरीबी के नरक में घुट-घुट कर जी रहे हैं। बेरोजगारी, महँगाई, खाद्य समस्या, आवास की समस्या, कुपोषण की शिकार जनता भयंकर बीमारियों की गिरफ्त में है।

तबाही जिसकी किस्मत में लिखी वर्के-हसद से थी,
उसी गुलशन की शाख-ए-खुश्क पर है आशियाँ मेरा।

आज भी आजादी के बाद देश में वही तबाही का आलम है। अरबों का आँकड़ा छूनेवाली हमारे देश की आबादी, लाखों परिवार गरीबी के नरक में घुट-घुट कर जी रहे हैं। बेरोजगारी, महँगाई, खाद्य समस्या, आवास की समस्या, कुपोषण की शिकार जनता भयंकर बीमारियों की गिरफ्त में है। लूटपाट, छीना-झपटी, अपहरण, बलात्कार, हत्याएँ, भ्रष्टाचार, क्षेत्रवाद और अलगाववाद की भावना पूरे देश में विष की तरह फैल गई है।" आतंकवादी, माओवादी देश को तोड़ने पर लगे हैं, सीमाओं पर पाकिस्तान और चीन अपनी

फौजें तैनात कर रहे हैं। काश! अशफाक जीवित होते तो देश की इस स्थिति को देखकर रो उठते और ललकार उठते—

ये गर्दिश वतन की हमको नहीं गवारा।

इन हालात में हमारे आजाद भारत के हर नागरिक का यह कर्तव्य बन जाता है कि हम आजादी के उन परवानों को न भूलें, जिन्होंने मातृभूमि की बलि वेदी पर सहर्ष अपने प्राणों की आहुति दे दी। माँ भारती को अपने उन अमर सपूतों पर गर्व है। माँ भारती के इस अनमोल लाल 'अशफाकउल्ला खान' के आदर्श जीवित रहें, उनकी याद अमिट होकर हमारे दिलों में बसी रहे और हम यह कहते रहें—

शहीदों के मजारों पर लगेंगे हर बरस मेले
वतन पर मरनेवालों का यही बाकी निशाँ होगा।

□□□